D1389026

De vloek van Zwartbaai

www.ploegsma.nl
www.reggienaus.nl

DE RAADSELJAGERS

Reggie Naus

De vloek van Zwartbaai

Uitgeverij Ploegsma Amsterdam

De Nederlandse Kinderjury 2010

ISBN 978 90 216 6768 3 | NUR 283
© Tekst: Reggie Naus 2009
© Omslagillustratie: Maaike Putman 2009
Vormgeving omslag: Steef Liefting
© Deze uitgave: Uitgeverij Ploegsma bv, Amsterdam 2009

Recycled
Ondersteunt het verantwoord
gebruik van bosbouwproductie
www.fsc.org Cert no. SCS-COC-001256
FSC © 1996 Forest Stewardship Council

Uitgeverij Ploegsma drukt haar boeken op papier met het FSC-keurmerk. Zo helpen we waardevolle oerbossen te behouden.

Inhoud

Hoofdstuk 1

Te diep gegraven

De eerste mooie zomerdag was aangebroken in Zwartbaai. Het zou niet lang meer duren voor de toeristen in het rustige kustdorpje arriveerden.

Hoog op een van de kliffen die boven Zwartbaai uittorenden zat professor Swalm verveeld onderuitgezakt in een plastic campingstoeltje in de schaduw van een oude, afgebrokkelde muur. Zijn gezicht stond op onweer, en dat was begrijpelijk. De stoel was erg oncomfortabel en de beker koffie in zijn hand was niet te drinken.

Hij zuchtte en keek naar zijn studenten die tussen de vervallen muren van de abdij bezig waren met de opgraving. Ze waren al meer dan een maand bezig. Een plaatselijke miljonair had de universiteit een flinke smak geld gegeven om opgravingen uit te laten voeren in de resten van de abdij. Voor de universiteit, die altijd in geldnood zat zodat de studenten hun opgravingen moesten oefenen in de erg oninteressante achtertuin van het universiteitsgebouw, was dit een ware zegen.

Er waren nog nooit opgravingen uitgevoerd in deze ruïnes, omdat het land van de staat was en de regering had niet zo veel zin om geld uit te geven aan archeologisch onderzoek. Maar omdat het de staat nu geen geld kostte, waren ze akkoord gegaan.

Professor Swalm was erg blij geweest met deze kans, maar die vreugde had niet lang geduurd. Er bleek namelijk tegen alle verwachtingen in erg weinig in de grond te zitten tussen de half ingestorte muren van de abdij, en het weer had ook niet bepaald meegezeten. Dag in, dag uit had de professor verstijfd van de kou in zijn campingstoeltje zitten mopperen terwijl de gure zeewind ongenadig om zijn oren blies en de studenten, gehuld in regenjassen, aan het graven waren. Ze hadden nog maar een week te gaan en het weer begon nu pas op te knappen.

'Professor?' Een van de studenten, een mager kereltje met een bleek gezicht vol dikke klodders zonnebrand, kwam op hem afgelopen.

Professor Swalm keek hem verveeld aan en goot de beker smerige koffie leeg in het gras. 'Ja?'

'Ik geloof dat we iets gevonden hebben.'

De professor zuchtte. 'Alweer?'

Gisteren nog hadden ze een oude leren schoen gevonden die misschien tien jaar onder de grond had gelegen, en de dag ervoor een colablikje met een reclame voor het wereldkampioenschap voetballen van 1977. Een van de studenten had hem met een trotse grijns verteld dat hij een oom had die oude colablikjes verzamelde, die er vast geld voor zou willen geven.

'Ik geloof dat u beter kunt komen kijken,' drong de bleke jongen aan.

De professor zag de andere studenten met gespannen gezichten rond de kuil staan.

'Wat is er met hen aan de hand?' vroeg hij, terwijl hij moeizaam opstond. 'Het lijkt wel alsof ze een spook hebben gezien.'

Hij liep naar de rand van de kuil en stapte voorzichtig naar beneden. De studenten maakten plaats voor hem en wezen naar de zijkant van de kuil. Ze hadden een donker gat in de zandhelling blootgelegd, omringd door grijze stenen.

'Ik stak mijn schop in de grond,' zei de bleke jongen, 'en stootte opeens dwars door deze muur heen.' Hij wees naar het gat. 'Er zit een ruimte achter.'

De professor was nu geïnteresseerd. Een verborgen kamer! Misschien hadden ze een vergeten kelder van de abdij gevonden. Met een beetje geluk lagen er interessante oude geschriften in. Of misschien zelfs kerkschatten!

'Ik heb licht nodig,' zei de professor, terwijl hij neerknielde bij de afgebrokkelde stenen wand.

Een van de studenten gaf hem een zaklamp en hij klikte hem aan. Terwijl hij zich vooroverboog, herinnerde hij zich weer helemaal waarom hij archeoloog was geworden. Dat bijna vergeten gevoel als je op het punt stond een grote ontdekking te doen... Zijn hart begon sneller te kloppen en hij voelde zich twintig jaar jonger toen hij de zaklamp het gat in stak en naar binnen tuurde. Wat hij zag was wel het laatste wat hij had verwacht.

De ondergrondse ruimte was klein en rond en had geen deur. Zo te zien was hij helemaal dichtgemetseld. Het leek nog het meeste op een soort kluis. Maar wat hem het meest verbaasde, waren de voorwerpen die hij midden in de ruimte zag. Recht voor zijn neus lag een pakje dat in oude, half vergane lappen was gewikkeld. Eromheen waren vreemde objecten geplaatst. Kandelaars, bedekt met de resten van oud kaarsvet, en kruisbeelden. Erg veel kruisbeelden. Links, rechts, voor en achter het pakje waren ze in de aarde gestoken. Ze waren scheef weggezakt en zaten onder het stof, maar de professor zou durven zweren dat ze van zilver waren.

'Wat is dat nu weer?' mompelde hij.

Hij zag nu pas dat er een cirkel in het zand om het pakje was getrokken waar woorden omheen waren geschreven. Professor Swalm lichtte bij met zijn zaklamp.

'Latijn, als ik me niet vergis...' mompelde hij.

De studenten stonden gespannen te wachten, hun ogen gericht op het wiebelende achterwerk van de professor dat uit het gat stak.

Een briesje stak op en het leek wel of de meeuwen die boven hun hoofden cirkelden steeds harder schreeuwden. Donkere wolken gleden voor de zon. Het zag ernaar uit dat er een storm aan zat te komen.

De professor probeerde het pakje in de cirkel beter te zien, maar de opening was zo krap dat hij zich amper kon bewegen. Hij besloot het buiten de ondergrondse kamer te bekijken. Terwijl hij zijn arm uitstak om het beet te pakken, voelde hij een koude wind steeds harder om zijn lijf blazen. Het leek wel of onzichtbare handen aan zijn jas trokken.

'Hebbes!' mompelde hij. Hij greep het pakje en tilde het voorzichtig op.

Op dat moment hoorde hij gerommel om zich heen en losse stukjes aarde vielen op zijn hoofd. Een aardbeving?

Hij schrok toen alles opeens zwart werd. Stenen en zand stortten op hem neer en de zilveren kruizen werden door de aarde verzwolgen. Net op tijd werd hij door helpende handen naar achteren getrokken. De professor viel achterover in de armen van de studenten die hem hadden gered en ademde dankbaar de frisse lucht in.

De ondergrondse ruimte was ingestort.

Toen professor Swalm op adem was gekomen, krabbelde hij overeind, het pakje nog steeds in zijn armen geklemd. Hij legde het in het gras aan de rand van de kuil en klopte zijn stoffige kleren af. In de verte rommelde de donder.

De studenten verzamelden zich in een kring om hem heen en keken afwachtend naar zijn vondst. De professor boog zich langzaam vorover en begon de half vergane lappen stof los te wikkelen. Ze waren zo oud dat ze bijna uit elkaar vielen in zijn handen. Toen hij de laatste doek had weggehaald, werden zijn ogen groter en hij floot tussen zijn tanden. Om hem heen fluisterden de studenten opgewonden met elkaar.

'Dat is wel een paar duiten waard,' zei de bleke student met de klodders zonnebrand in zijn gezicht.

Toen de professor het gouden boek oppakte, galmde een enorme donderslag door de lucht boven Zwartbaai en het begon plotseling hevig te regenen.

Beneden in het dorp keken de mensen fronsend op van hun werkzaamheden. Het zag ernaar uit dat het een slechte zomer zou worden.

Hoofdstuk 2

De forum-meeting

Robert boog zich voorover en zette zijn computer uit. Hij zou hem voorlopig niet meer aanzetten, dus trok hij voor alle zekerheid ook de stekker uit het stopcontact. Dat voelde raar, want zijn computer stond nooit lang uit.

Zijn moeder zei altijd dat hij veel te veel tijd online doorbracht, maar moeders begrepen nu eenmaal niets van het internet. Robert had een belangrijke taak, zoals hij haar al veel te vaak had proberen uit te leggen. Hij had een eigen website: *Raadseljacht*. Een site over bovennatuurlijke raadsels, spoken, vampiers en andere griezels. Hij was de site een jaar geleden begonnen en al snel waren steeds meer mensen lid geworden van zijn forum. Mensen met dezelfde hobby als Robert.

Hij stond op en keek naar de volle rugzak die op de vloer van zijn slaapkamer lag. Zijn moeder kon nu toch zeker niet meer mopperen? Het was juist dankzij zijn website dat hij op het punt stond om voor het eerst met leeftijdgenoten op vakantie te gaan. In het echt, zonder computers en zelfs zonder boeken. Kamperen in het open veld!

Het plan was een paar maanden geleden voor het eerst voorgesteld in het forum. Iemand had bedacht dat het leuk zou zijn om ergens af te spreken met een paar forumleden. Het was Robert die het idee had gehad om een spookachtige plek te bezoeken zodat ze ter plekke op onderzoek uit konden gaan. Iemand anders kwam vervolgens met het voorstel om er een korte vakantie van te maken. En zo was het allemaal begonnen.

Robert stapte over een stapel boeken heen die op de grond

lag. Hij kwam altijd boekenplanken tekort. Met twee handen probeerde hij zijn rugzak op te tillen, die gelukkig niet al te zwaar bleek. Robert was niet zo sterk. Hij hield zich liever bezig met lezen en computeren dan met sporten. Hij legde de rugzak weer neer en pakte het boekje op dat hij onderweg wilde lezen. *Spookverhalen uit Zwartbaai*, door Markus Fort.

Hij had Zwartbaai aan de anderen voorgesteld omdat er volgens een paar krantenberichten (altijd helemaal achterin verborgen, alsof het geen belangrijk nieuws was) erg veel spookverschijningen in het dorp waren gezien de laatste tijd. Een visser zou onderaardse klokken hebben horen luiden in de ruïne van een oude abdij en in het dorp was een bar waar de biertap soms uit zichzelf begon te tappen. Waarschijnlijk de geest van een oude klant die zelfs na zijn dood niet zonder bier kon.

Er waren wel meer dorpjes aan de kust waar spookverhalen werden verteld, maar Zwartbaai was vooral de laatste tijd de plek met de meeste verhalen, en hopelijk zouden ze daar dus de grootste kans hebben om zelf een spook te zien.

Gelukkig was iedereen op het forum het met de bestemming eens geweest en uiteindelijk hadden vier leden, inclusief Robert, zich voor de reis aangemeld. Buttkicker, Flowerfairy en meisje467. Het was raar om voor het eerst hun echte namen te horen tijdens de voorbereidingen van de vakantie: Eddie, Anne en Linda. Robert was benieuwd hoe ze in het echt zouden zijn.

'Robert? Ben je klaar?' Zijn moeder stond afwachtend in de deuropening van zijn kamer. Ze had haar jas al aan en de autosleutels in haar hand.

'Ik kom eraan,' mompelde hij, en hij bukte zich om zijn rugzak op te tillen en om te gespen. Hij veegde zijn halflange bruine haren uit zijn gezicht en liep zijn slaapkamer uit. 'Klaar,' zei hij.

Zijn moeder hoorde hem niet. Ze liep voor hem uit door de huiskamer, ratelend over veiligheid onderweg. Sinds zijn vader was overleden, was Roberts moeder erg beschermend geworden en hij had drie dagen op haar in moeten praten voor ze hem toestemming had gegeven om naar Zwartbaai te gaan. Tot zijn schrik had ze aanvankelijk voorgesteld om mee te gaan, maar daar had hij niets van willen horen. Moeders liepen alleen maar in de weg als je op spoken wilde jagen.

'En niet met vreemde mensen praten,' zei ze, terwijl ze de gordijnen in de keuken dichttrok. Ze dacht altijd dat er eerder ingebroken zou worden als de gordijnen open waren. 'O, en beloof je dat je elke dag gezond zult eten?'

'Ja, hoor,' zuchtte Robert.

Zijn moeder keek hem ontroerd aan, een traan glinsterend in haar oog, en zette de stem op die Robert altijd haar 'kleinekindjesstem' noemde. 'O, wat word je toch snel groot!' Ze boog zich voorover om hem een kus te geven, en Robert sprong gauw opzij.

Gelukkig leek ze niets te hebben gemerkt en ze wandelde door de keuken naar de achterdeur, onzin uitkramend over hoe het niet lang meer zou duren voor hij een vriendinnetje had.

'Kun je trouwens even de tv uitzetten?' vroeg ze over haar schouder. 'Dan zet ik de auto voor de deur.'

Robert knikte en liep met zijn rugzak om naar de huiskamer. De televisie stond meestal de hele dag aan omdat zijn moeder het anders zo stil vond in huis.

Hij pakte de afstandsbediening van tafel en wilde net de tv uitzetten, toen hij opeens een woord hoorde vallen dat zijn aandacht trok: Zwartbaai. Hij liet de afstandsbediening zakken en keek geïnteresseerd verder.

Er werd een of andere professor geïnterviewd die blijkbaar een geweldige vondst had gedaan in Zwartbaai. Robert zette de tv wat harder toen hij zijn moeder van buiten zijn naam hoorde roepen.

'Het boek is van onschatbare culturele waarde,' zei de professor enthousiast terwijl hij over de rand van een klein brilletje naar de interviewer keek.

'Maar het is ook veel geld waard, nietwaar?' vroeg de interviewer op verveelde toon die aangaf dat hij liever een of andere sexy popster zou interviewen.

De professor knikte. 'Het is met goud en edelstenen beslagen. Een echte schat.'

'De opgraving is betaald door graaf Oostwoud. Is hij nu de eigenaar van het boek?'

'Nee, we zijn de graaf erg dankbaar voor zijn steun, maar alles wat tijdens de opgraving wordt gevonden, is eigendom van de universiteit. Het boek zal uiteindelijk zijn weg naar het museum voor oudheden vinden.'

Het beeld schakelde nu over naar een goed uitziende, zongebruinde man met een stoppelbaard en golvende, lichtbruine haren waarin grijze strepen te zien waren. Hij zag eruit als een rockster die er alles aan deed om jong te blijven lijken. De man stapte uit een vliegtuig waarop in grote letters *Oostwoud Airlines* stond.

'Graaf Oostwoud, de beroemde miljonair en weldoener, arriveerde vanochtend op zijn eigen privé-vliegveld,' vertelde de stem van de nieuwslezer. 'Hij is zojuist teruggekeerd uit Zwitserland, waar hij voor de vierde keer het wereldkampioenschap snowboarden won.'

De graaf glimlachte breed naar de camera. Zijn tanden waren witter dan de Zwitserse sneeuw. 'Vanzelfsprekend gaat het boek naar het museum,' zei hij. 'Het gaat mij niet om schatten, maar om de kansen die mijn projecten bieden aan veelbelovende jongeren.'

Hij gaf de blonde vrouw die hem interviewde een gladde

knipoog. 'Ik heb zelf goud genoeg, maar ik voel me pas echt rijk als ik mijn stempel op de toekomst kan drukken. De jeugd heeft die toekomst. Ik...'

'Robert!' gilde zijn moeder vanuit de hal. 'We moeten nu vertrekken!'

Robert zuchtte en zette de tv uit.

Hoofdstuk 3

Eddie, Anne en Linda

De auto reed door een groen landschap vol glooiende weilanden. Het was een mooie, zonnige ochtend en Robert zou zich veel beter hebben kunnen ontspannen als zijn moeder niet aan één stuk door had zitten kletsen.

Hij was een beetje nerveus vanwege de steeds dichterbij komende ontmoeting met de forumleden. Robert ging niet zo veel om met andere kinderen, die hem meestal maar een rare vonden. Deze vakantie zou vast anders worden, omdat ze nu allemaal 'raar' waren. Toch was hij zenuwachtig. Ze hadden dan wel alle vier dezelfde hobby, maar zouden ze verder met elkaar op kunnen schieten?

Hij wierp een blik uit het autoraam naar de voorbijglijdende weilanden en las verder in zijn boek. Hij had afleiding nodig. Zijn moeder had niet eens door dat hij aan het lezen was. Terwijl ze een erg oninteressant verhaal vertelde over een tante van de buurvrouw van iemand die Robert helemaal niet kende, verdiepte hij zich in de vele spookverhalen die in Zwartbaai werden verteld. Spookhonden, koetsen met vurige paarden en hoofdloze ruiters. Allemaal lang geleden gebeurd, natuurlijk. Robert was dol op dit soort verhalen, maar geloofde ze lang niet allemaal. Een van de eerste dingen die je leerde als je veel over spoken las, was dat veel van deze oude verhalen in ieder dorp werden verteld. Alleen de plaatsnamen veranderden.

Waar Robert vooral in geïnteresseerd was, waren de wat nieuwere verhalen. Spoken die gezien waren door mensen die nog steeds leefden, of waar zelfs foto's van waren gemaakt. Zwartbaai had van beide meer dan genoeg de laatste tijd. Roberts knipselmap zat er vol mee. Een late wandelaar had beweerd dat hij een witte schim vanuit de zee het strand op had zien glijden, en een vroege toerist had een foto gemaakt van talloze kleine witte bolletjes die om de ruïne van de oude abdij zweefden. 'Orbs' noemden spokenjagers die bolletjes. Je kon ze niet met het blote oog zien, maar ze verschenen soms op foto's en sommige onderzoekers dachten dat het geesten waren.

Hij legde het boek in zijn schoot en keek weer naar de weilanden, waarin zo nu en dan een kudde schapen te zien was. Zijn moeder praatte over het schoolrapport van het nichtje van de buurvrouw.

Robert probeerde te bedenken waarom er de laatste tijd zo veel spoken werden gezien in Zwartbaai, maar hij gaf het al snel op. Misschien was er wel helemaal geen reden. Met spoken wist je het maar nooit.

Roberts moeder parkeerde de auto op de kleine parkeerplaats vlak naast het treinstation van Zwartbaai, waar Robert met de anderen had afgesproken. Samen tilden ze de rugzak uit de kofferbak en hingen hem om Roberts schouders.

Robert keek zenuwachtig rond. Het was niet druk op het station en er was niemand te bekennen die ook maar in de verte op de foto's leek die de forumleden hadden uitgewisseld.

Het weer was prachtig. De zon stond hoog aan de hemel en zeemeeuwen cirkelden boven hun hoofden, vechtend om de etensresten die toeristen op de parkeerplaats hadden neergegooid. Van het dorp zelf kon hij nog niets zien. Dat lag een paar honderd meter verderop, beneden in de vallei. Hij ademde diep de frisse zeelucht in.

Sommige mensen zouden het misschien raar vinden om met zulk mooi zomerweer op spokenjacht te gaan, maar Robert had vaak genoeg gelezen dat je spoken net zo goed kon zien in de zomer als in de winter. Het voordeel van de winter was natuurlijk wel dat de nachten langer waren, maar ze hadden geen zin gehad om nog zo lang te wachten. En, zoals Robert op het forum had gezegd: er werden vaak genoeg spoken gezien bij daglicht. Al kon je er overdag natuurlijk nooit zeker van zijn of je een spook zag of een mens van vlees en bloed. Spoken waren niet altijd doorzichtig.

'Heb je genoeg sokken bij je?' vroeg zijn moeder opeens.

'Mam...' zuchtte Robert. 'Hou nou eens op. Ik ben geen kleuter meer.' Hij keek onrustig om zich heen en hoopte dat zijn moeder zou vertrekken voor de anderen aankwamen.

Op dat moment reed een enorme vrachtwagen hard toeterend de parkeerplaats op. De mensen die net het station uit kwamen, verdwenen hoestend in een dikke wolk uitlaatgas. Met piepende remmen stopte de wagen vlak voor Robert en zijn moeder, wiens mond wijd openstond van schrik. Een deur zwaaide open aan de passagierskant en een jongen sprong de vrachtwagen uit. Robert herkende hem meteen.

Het was Eddie, of 'Buttkicker' zoals hij zich op het forum noemde. Hij was iets kleiner dan Robert, maar steviger gebouwd. Zijn lichtbruine haren stonden alle kanten op en hij zag eruit als een soort houthakker met zijn rode geruite overhemd en zwarte legerkisten. Om zijn schouder hing een legergroene zak waar onmogelijk genoeg in kon zitten voor een vakantie van een week. Hij zwaaide omhoog naar de vrachtwagen, en de dikke man achter het stuur toeterde een keer flink.

'Mazzel!' riep Eddie, en hij draaide zich naar Robert toe.

Terwijl de vrachtwagen met een hoop lawaai wegreed, vol afgrijzen nagestaard door Roberts moeder, keken de twee jongens elkaar aan.

'Robert?' vroeg Eddie.

Robert stak zenuwachtig zijn hand uit. 'Klopt.'

Ze schudden elkaar de hand.

Robert voelde zijn gezicht langzaam rood worden toen hij zijn moeder naar hen voelde kijken. Waarom was ze nou zo lang blijven staan? Ze kuchte ongeduldig.

'Eh... Eddie, dit is mijn moeder,' mompelde hij verlegen.

'Gaat die ook mee?' vroeg Eddie, zonder zijn hand uit te steken naar Roberts moeder.

Robert kon wel door de grond zakken. Hij zag zijn moeder fronsen en besloot snel in te grijpen.

'Mam, we moeten nu de anderen ophalen op het station,' zei hij snel. 'Bedankt voor het brengen.'

Zijn moeder bleef even afkeurend naar Eddie staan kijken en keek toen Robert weer aan. 'Heb je wel genoeg schoon ondergoed bij je?' vroeg ze.

Vanuit zijn ooghoek zag Robert hoe Eddie probeerde zijn gezicht in de plooi te houden.

'Ja, meer dan genoeg,' mompelde hij, terwijl hij zijn moeder zachtjes naar de auto begon te duwen voor ze hem nog meer voor schut kon zetten. Achter zijn rug hoorde hij Eddie nu zachtjes grinniken.

Zijn moeder stapte in de auto. Ze zag eruit alsof ze ieder moment in tranen kon uitbarsten. Het was precies dezelfde gezichtsuitdrukking die ze maandenlang had gehad nadat zijn vader was gestorven.

'Nou, tot over een week!' zei Robert snel, en hij wilde al weglopen. Even aarzelde hij, toen boog hij zich snel voorover en gaf haar een kus op haar wang. 'Maak je maar geen zorgen,' zei hij zachtjes. 'Er zal echt niks gebeuren. Ik zal heel voorzichtig zijn.'

Even glimlachte ze naar hem. Toen draaide hij zich om en liep in de richting van het station.

'Tot ziens, mevrouw!' riep Eddie. 'Maakt u zich maar geen

zorgen, ik zal er goed op letten dat hij elke dag een verse onderbroek aantrekt!'

Even later zaten Robert en Eddie samen op een bankje in het station. Het was een erg klein stationnetje met maar twee sporen, dus ze hoefden niet zo goed op te letten. De meisjes zouden ieder moment aan kunnen komen en het was erg moeilijk om ze te missen.

Eddie zat onderuitgezakt op de bank en gooide stukjes van een chocoladereep naar de duiven die zich om hen heen hadden verzameld.

Ze hadden nog niet veel tegen elkaar gezegd. Robert was een beetje dichtgeklapt door het gedrag van zijn moeder. Ze probeerde hem keer op keer te dwingen om wat meer met anderen om te gaan, en zette hem dan telkens weer voor schut.

Op de *Raadseljacht*-website kon hij met anderen praten zonder ze aan te hoeven kijken. Dat was een wereld waarin zijn moeder de weg niet wist en waarin Robert meetelde. Op zijn forum had iedereen respect voor hem. Hij was nog steeds een beetje kwaad omdat ze zelfs dat bijna had verpest, ook al wist hij dat ze het eigenlijk goed bedoelde.

'En? Heb je al een spook gezien?' vroeg Eddie terwijl hij het laatste stukje chocola in zijn mond stopte.

Robert glimlachte en schudde zijn hoofd. 'Nee, ik ben ook nog maar net aangekomen. Ik ben nog niet in het dorp geweest.' Niet dat hij verwachtte dat de spoken hen om de oren zouden vliegen zo gauw ze het dorp inwandelden, maar het leken de juiste woorden om te zeggen.

'Het eerste het beste spook dat ik zie, schop ik tegen zijn kont,' zei Eddie. Hij maakte een trapbeweging en de duiven om hen heen fladderden met een wild geklapper van vleugels op.

'Je kunt een spook niet tegen zijn kont schoppen,' zei Robert. 'Je voet zou er dwars doorheen gaan.'

Eddie grijnsde en veegde een neergedwarrelde veer uit zijn haar. 'O ja, dat is waar ook.'

'Dat heb ik je eigenlijk altijd al eens willen vragen,' zei Robert voorzichtig, terugdenkend aan de vreemde uitspraken die Eddie soms op het forum deed. 'Waar heb jij alles geleerd wat je over spoken en zo weet?'

Hij kon zich niet voorstellen dat Eddies rare ideeën uit boeken kwamen.

Eddie grijnsde. 'Films,' zei hij. 'Ik ben gek op griezelfilms.'

Robert zuchtte en wilde hem net het verschil uitleggen tussen films en echte spookverschijnselen, toen een trein met een hoop gepiep en gerammel bij het perron tot stilstand kwam.

'Daar zul je de meiden hebben,' zei Eddie. Aan zijn toon te horen had hij liever gehad dat hun groepje alleen uit jongens zou bestaan.

Robert stond op en Eddie veegde zuchtend de chocola op zijn handen af aan het bord aan de muur waarop 'Verboden de duiven te voeren' stond.

De deuren van de trein gingen open en een zwerm toeristen kwam de trein uitgestroomd, sommigen met surfplanken onder hun arm. Het waren vooral jongeren, die op de disco's afkwamen die de afgelopen jaren als paddenstoelen uit de grond waren geschoten in het dorp. Zwartbaai was populair vanwege de wilde feesten die er werden gegeven en het strand dat de hele zomer vol lag met zongebruinde lijven. Niet één van die toeristen was waarschijnlijk geïnteresseerd in de eeuwenoude geschiedenis van het dorp en de vele spookverhalen die er werden verteld.

'Robert en Eddie?'

De jongens keken om en zagen twee meisjes op hen af lopen. Ze herkenden hen meteen van hun foto's.

Linda was een onopvallend meisje met zandkleurig haar dat als droog stro om haar hoofd hing en lichte sproeten over

22

haar hele gezicht. Ze was een beetje mollig en jongensachtig gekleed in een spijkerbroek met T-shirt. Om haar schouders hing een rugzak die er zo groot en zwaar uitzag dat Robert zich afvroeg hoe ze hem kon dragen.

Naast haar stond een meisje dat zo anders was dan Linda, dat ze bijna van verschillende planeten leken te komen. Ze droeg make-up en haar lange blonde haren dansten om haar hoofd alsof ze meededen in een shampooreclame. Ze was gekleed in een roze zomerjurkje en droeg schoenen met hakken. Haar spullen zaten in een trolley op wieltjes. Ze glimlachte naar hen. 'Ik ben Anne,' zei ze.

Eddie keek haar met open mond aan. Ook Robert was een beetje verbaasd. Tijdens het plannen van de reis had ze hem een foto gemaild waarop ze eruit had gezien als een modepopje, maar hij had niet verwacht dat ze er in het dagelijks leven ook zo bij zou lopen. Iedereen stuurde immers zijn mooiste foto op bij dit soort dingen.

Hij keek naar Linda, die verlegen naar haar voeten stond te kijken en af en toe een vluchtige blik op de anderen wierp, alsof ze niet zo goed wist of ze welkom was.

Robert stak zijn hand naar haar uit. 'Hoi,' zei hij, 'ik ben Robert.'

Terwijl Linda voorzichtig zijn hand schudde, nam Anne weer het woord.

'We hebben elkaar in de trein al ontmoet,' zei ze, naar Linda wijzend en om zich heen kijkend. 'Dus dit is Zwartbaai.'

'Eh, nee,' zei Robert, 'dit is het station.'

Anne sloot haar ogen en zette haar handen tegen de zijkant van haar hoofd. 'Ja, ik voel van alles... Er is hier erg veel paranormale energie.'

Robert hoefde niet te vragen waar ze het over had. Anne praatte op het forum vaak genoeg over de gaven die ze beweerde te hebben. Ze zou het kunnen voelen als het ergens spookte en zelfs met geesten kunnen praten als ze zich genoeg concentreerde. Tenminste, dat zei ze zelf.

Anne stak een hand naar voren, haar ogen nog steeds gesloten, en zwaaide ermee door de lucht, alsof ze onzichtbare spoken wilde vastgrijpen.

Eddie stond haar nog steeds met open mond aan te kijken.

'Ik voel een duistere kracht,' zei ze met een zweverige stem.

'Er gaan grote dingen gebeuren in dit dorp...'

Robert, Linda en Eddie keken elkaar aan. Toen schoten ze alle drie in de lach.

Hoofdstuk 4

Zwartbaai

Robert en Eddie liepen door de smalle straatjes van Zwartbaai, gevolgd door Linda en Anne. Het was erg druk op straat. Toeristen zaten te drinken op houten bankjes buiten de vele cafés of stonden te neuzen tussen de foeilelijke souvenirs die overal om hen heen werden verkocht. Toch kon je goed zien dat het dorp een eeuwenoude geschiedenis had. De souvenirwinkeltjes en cafés waren gevestigd in oude, half ingezakte huizen, sommige met rieten daken, en de straten waren geplaveid met verweerde ronde stenen.

Zwartbaai lag verscholen in een soort vallei tussen twee kliffen, uitkijkend op de zee. De haven, bezaaid met vissersbootjes in alle soorten en maten, was het hart van het dorp en door de eeuwen heen was er een wirwar van smalle straatjes omheen gegroeid.

In de richting van de kliffen die Zwartbaai aan twee kanten insloten, liepen de straten steeds verder omhoog en ze moesten een helling beklimmen om naar de Westklif te komen. Toen ze het smalle voetpad naar de top beklommen, begonnen hun rugzakken steeds zwaarder te worden.

Hoog boven hun hoofden torende de ruïne van de oude abdij boven hen uit. Ze hadden afgesproken dat ze daar hun tenten zouden opzetten, aan de rand van de abdij met een prachtig uitzicht over het dorp en de zee.

'Zijn we er al bijna?' vroeg Anne. Ze sleepte de trolley met moeite achter zich aan. De kleine wieltjes van het ding hadden helemaal geen grip op de grote ronde stenen van het pad en de trolley stuiterde dan ook rammelend op en neer.

Anne was begonnen met klagen zo gauw ze het station hadden verlaten en het voetpad naar het dorp hadden genomen. Het was vooral de zeelucht waar ze bezwaar tegen had, of zoals ze het zelf noemde: de 'vislucht'. Ze had een flesje parfum tevoorschijn gehaald waarmee ze in het rond spoot, alsof ze daarmee de lucht in het hele dorp zou kunnen opfrissen. Daarbij had ze per ongeluk Eddie geraakt, die sindsdien ook in een slecht humeur was.

'Nee, natuurlijk zijn we er nog niet!' zei hij tegen Anne, terwijl hij zich zo snel omdraaide dat hij bijna van de helling viel. 'Je ziet zelf toch ook wel dat we nog maar halverwege de klif zijn? Of wil je soms midden op dit pad kamperen?'

Anne keek hem minachtend aan en probeerde verder te lopen op haar hoge hakken die afwisselend weggleden en vastzaten tussen de ronde stenen. Eigenlijk had ze helemaal niet willen kamperen en ze had voorgesteld om in een hotel te overnachten, maar dat hadden de anderen veel te duur gevonden.

'Nog heel even,' zei Robert. Hij ergerde zich ook aan Annes geklaag, maar hij wilde geen ruziemaken.

Voor hem uit klom Linda onverstoorbaar verder. Hij keek haar bewonderend na. Niet alleen leek ze helemaal niet moe, ze droeg ook nog eens zonder mokken het zwaarste gewicht van hen allemaal. Haar vader was de eigenaar van een buitensportwinkel en had haar twee tenten meegegeven die ze op haar rug meesjouwde, vastgesnoerd aan haar rugzak.

Eindelijk bereikten ze het einde van het pad en keken uit over de prachtige ruïne van de abdij die de top van de Westklif domineerde. Enorme stenen bogen en half ingestorte muren stonden verspreid in het gras, neerkijkend op Zwartbaai alsof ze de wacht hielden over het dorp. Hier en daar lagen afgebroken stukken steen en zelfs de resten van oude beelden, overwoekerd met onkruid. Hun gezichten leken droevig naar hen te kijken.

Tussen de ruïne en de rand van de klif lag een grasveldje, dat Robert had uitgekozen om hun kamp op te slaan. Of dat mocht wist hij eigenlijk niet, maar er kwam toch bijna nooit iemand op de Westklif. Het dagelijks leven in Zwartbaai speelde zich af in de smalle straatjes en het drukbezochte strand aan de voet van de kliffen.

'Hier is het,' zei Robert en hij gebaarde naar het grasveld. Linda begon haar rugzak los te maken, terwijl Anne haar flesje parfum weer tevoorschijn haalde en het gras bespoot.

'Gave plek,' zei Eddie, en hij gooide zijn tas op de grond. Hij liep naar de rand van de klif en ging gevaarlijk dicht bij de afgrond staan, neerkijkend op de daken van de huizen en de haven diep beneden hem.

'Wie van jullie slaapwandelt er?' grijnsde hij.

Robert grinnikte even en kwam naast Eddie staan. Voor hen uit, aan de overkant van de vallei, lag de Oostklif, bedekt met dichte, donkere bossen. Taaie bomen, die bestand waren tegen de gure zeewind die in de winter over de kliffen raasde. Hoewel het hartje zomer was, zagen ze er kaal en dreigend uit.

'Kan iemand me even helpen met de tenten?' vroeg Linda zachtjes. Ze was zo verlegen dat haar stem amper boven het geluid van de wind en de ruisende zee uitkwam.

Robert en Eddie hielpen haar de tenten tevoorschijn te halen en begonnen met het opzetten ervan, terwijl Anne in kleermakerszit in het gras ging zitten en zei dat ze de geesten van de abdij toestemming ging vragen om op hun land te mogen kamperen.

Even later stonden er twee tenten in het gras, een voor de jongens en een voor de meisjes. Erg stevig zagen ze er niet uit.

'Laten we hopen dat het niet al te veel gaat waaien deze week,' zei Eddie met een peinzende blik op de tenten, die half ingezakt aan de ijzeren pinnen hingen.

Ze legden hun spullen in de tenten en keken naar Anne, die nog steeds met gesloten ogen in het gras zat.

'Zullen we wat gaan drinken in het dorp?' vroeg Eddie. 'Het is nog best vroeg.'

Robert knikte. 'Anne?' vroeg hij. 'Ga je mee?'

Anne reageerde niet. Ze leek wel in trance.

Eddie zuchtte. 'Wacht, ik regel het wel.'

Hij draaide zijn gezicht naar de ruïne en zette zijn handen aan zijn mond. 'Hé geesten!' riep hij. 'Als jullie het niet erg vinden, crashen wij even een weekje op jullie ouwe voetbalveld! Als jullie 's nachts ooit willen voetballen, maak dan niet al te veel herrie, want Anne hier heeft haar schoonheidsslaapje nodig!'

Anne opende haar ogen en sprong op. Ze keek Eddie woedend aan. 'Kun je niet een klein beetje respect opbrengen voor de doden?' vroeg ze.

Eddie haalde zijn schouders op en liep in de richting van het pad.

Anne keek hem boos na. 'Als de geesten ons hier niet meer willen hebben, is het zijn schuld.'

Robert en Linda keken elkaar aan.

'Ik hoop niet dat het de hele week zo zal gaan met die twee,' mompelde Robert terwijl hij achter Eddie aan liep.

Tien minuten later waren ze terug in het drukke Zwartbaai. Nu ze hun rugzakken niet meer mee hoefden te sjouwen, was het veel leuker om door de gezellige straatjes te dwalen. Ze slenterden door de haven en bekeken de boten, waarop ruwe zeebonken met norse blikken de toeristen probeerden te negeren. Het viel hun al snel op dat de oudere bewoners van het dorp weinig te maken wilden hebben met de vakantiegangers. Het leek wel alsof er twee Zwartbaaien waren: dat van de toeristen en dat van de bewoners.

De toeristen vierden 's nachts feest en lagen overdag in de

zon te bakken, terwijl de bewoners zich bezighielden met vissen en hun dagelijkse werkzaamheden, zoals ook hun voorouders dat eeuwenlang hadden gedaan.

'Oud en nieuw samen in één dorp,' zei Robert. Hij wees naar twee oude vrouwtjes die afkeurend keken naar een paar schaars geklede meisjes. 'Perfect voor ons onderzoek naar spoken.'

'Over spoken gesproken,' zei Linda zachtjes. Ze begon een klein beetje los te komen, al leek het erop dat ze alleen tegen Robert durfde te praten. 'Zullen we iets gaan drinken in dat café met die spooktap?'

'Ja, goed idee!' zei Eddie. 'Dat wordt dan ons eerste onderzoek!'

Iedereen knikte enthousiast, en zelfs Anne was het ermee eens.

De Zwarte Hond was een klein cafeetje midden in Zwartbaai, vlak bij de haven. Volgens een bericht in de krant hadden verschillende bezoekers van het café de laatste tijd gezien hoe de biertap uit zichzelf was beginnen te tappen, alsof een onzichtbare hand hem bediende.

Het was een echt ouderwets café, donker, maar gezellig, en genegeerd door de jonge vakantiegangers, die liever de wat hippere tenten bezochten. De muren waren bedekt met allerlei spullen die te maken hadden met zeevaart en visserij. Een grote opgezette zwaardvis en een harpoen hingen achter de bar en boven hun hoofden waren visnetten aan het plafond vastgemaakt.

Ze zaten aan een tafeltje in een hoek, naast een muur die volhing met ingelijste krantenberichten over stormen die de kust hadden geteisterd en over de bommen die tijdens de Tweede Wereldoorlog op de abdij waren gevallen.

In de hoek tegenover hen zat een groep oude mannen met

violen, harmonica's en gitaren vrolijke muziek te maken. Maar Robert en de anderen hadden alleen maar oog voor de biertap, waar ze gespannen naar zaten te staren.

Het onderzoek was niet zo goed begonnen. Eddie was de drankjes gaan bestellen en had ruziegemaakt met de man achter de bar. Hoewel hij beweerde dat zijn vader hem altijd bier liet drinken, had de barman geweigerd hem alcohol te schenken. Nu zat hij achter een groot glas cola samen met de anderen naar de tap te staren.

Er was al een kwartier niets gebeurd. Misschien kwam het spook liever een biertje tappen als het niet zo druk was.

'Wil er iemand met de tap op de foto?' vroeg Anne, terwijl ze haar mobiele telefoon tevoorschijn haalde.

Eddie keek naar de bar, waar de barman hem nu nors stond aan te kijken. Hij zuchtte. 'Nee, ik denk dat de eigenaar me buitensmijt als ik nog vaker naar die biertap kijk. Volgens mij denkt hij dat ik van plan ben om toch stiekem een biertje te pakken.'

'Het avontuur begint al goed,' mompelde Linda.

Robert glimlachte. Dit onderzoek verliep inderdaad niet helemaal op rolletjes, maar hij had het wel naar zijn zin. Ondanks het gekibbel tussen Anne en Eddie vond hij het best gezellig. Hij was blij dat de anderen vaak het woord namen. Als zij veel praatten, vond hij het gemakkelijker om zelf ook los te komen.

'Wat doen we vanavond eigenlijk met het eten?' vroeg Eddie.

Linda nam een slok van haar melk. 'Ik heb een paar pannetjes bij me,' zei ze. 'Misschien kunnen we zelf koken boven een vuurtje.'

Het leek wel alsof ze schrok van haar eigen stem, want ze boog snel haar hoofd naar beneden en begon zenuwachtig met haar bierviltje te spelen.

'O, wat leuk!' zei Anne. Ze klapte enthousiast in haar handen. 'Buiten onder de sterren koken op een echt vuur! Net als de oude Kelten!'

'Of de indianen,' glimlachte Robert.

'Ja, of de kannibalen,' zei Eddie.

'Zullen we dan eerst even boodschappen doen?' vroeg Robert.

'Dat doe ik wel,' zei Eddie. 'Het heeft weinig zin om met zijn allen te gaan.'

'Dank je wel,' zei Robert. 'Misschien kunnen wij dan nog even de abdij bekijken voor het donker wordt.'

Eddie haalde een pen tevoorschijn en hield hem afwachtend bij zijn bierviltje. 'Wat moet ik meebrengen?'

Robert wilde zijn mond opendoen, maar Anne was hem te snel af. 'Wortels!' zei ze. 'En aardappelen, natuurlijk.' Ze dacht even na. 'Kijk ook even of ze verse champignons hebben. Verse, niet uit een potje, want daar zitten niet genoeg vitaminen in!'

Eddie keek haar fronsend aan en begon op het viltje te krabbelen.

'En sla, natuurlijk,' zei Anne. 'Dan zal ik mijn befaamde salade klaarmaken! En let erop dat de groente niet bespoten is, want dat is ongezond!'

Robert en Linda zaten zwijgend toe te kijken. Het had weinig zin om iets te zeggen, Anne had het hele menu blijkbaar al bedacht.

Eddie krabbelde rustig verder. Toen begon hij flink te krassen en uiteindelijk frommelde hij het bierviltje op en stopte het in zijn broekzak. De barman wierp hem een vuile blik toe.

'Heb je alles?' vroeg Anne.

Eddie gooide de laatste slok cola achterover en stond op. 'Paddo's, onkruid en konijnenvoer. Check.'

Terwijl Eddie in het dorp op zoek ging naar een supermarkt, beklommen de anderen het pad terug naar de West-klif. Hoe hoger ze kwamen, hoe zachter de geluiden uit het dorp werden, alsof de moderne wereld langzaam weggleed.

Boven op de klif liepen ze naar de abdijruïne. De zon begon lager aan de horizon te zakken en er hing een gouden glans over het gras rond de ruïne. De stenen muren wierpen lange schaduwen om hen heen. Het was hier erg rustig na alle bedrijvigheid in het dorp en dwalend tussen de eeuwenoude resten van de abdij leek het bijna alsof ze terug in de tijd waren gereisd.

Anne beweerde dat ze de geesten van alle monniken die ooit in dit gebouw hadden gewoond om zich heen kon voelen, en Robert had deze keer helemaal geen moeite om haar te geloven. Of het door het mooie zomeravondlicht kwam wist hij niet, maar er hing iets in de lucht, alsof de abdij in een vreemde wereld tussen droom en werkelijkheid bestond, die zij per ongeluk waren binnengestapt.

'Kijk daar,' zei Linda. Ze wees naar een plek tussen vier ingestorte muren waar het gras was verwijderd. Het zag ernaar uit dat iemand daar had gegraven en daarna de boel weer had dichtgegooid.

Robert herinnerde zich het programma dat hij op tv had gezien. 'Ik geloof dat ze hier een tijdje terug opgravingen hebben gedaan,' zei hij. 'Ze hebben toen een of andere gouden schat gevonden. Een boek of zo.'

Hij liep om het uitgegraven deel heen en keek omhoog naar een van de muren die naast hem omhoog torenden. De avondbries blies zachtjes door lege bogen waarin lang geleden prachtige glas–in-loodramen hadden gezeten. Zijn oog viel op een met mos begroeid deel van de muur waarop de resten van een tekst te zien waren die er zo te zien lang geleden in was gebeiteld. Hij probeerde nieuwsgierig het mos weg te vegen, maar dat was veel te diep in de stenen gedrongen. Een stap achteruit nemen hielp ook niets. De tekst was onleesbaar. Hij haalde zijn schouders op en draaide zich om. Waarschijnlijk was het een of andere Bijbeltekst of zo.

De meisjes hadden ook naar de muur staan kijken en Anne begon opeens in haar schoudertas te rommelen. 'Wacht, ik heb een idee,' zei ze. Ze haalde haar mobieltje tevoorschijn, hield het voor de verweerde tekst op de muur en drukte op een knopje. 'Even een foto maken, en dan...' Ze speelde met de toetsen van haar telefoon, terwijl Robert en Linda geïnteresseerd naast haar kwamen staan.

'Ik heb een programma op mijn telefoon om foto's te bewerken,' mompelde ze. 'Niet heel uitgebreid of zo. Ik bedoel, je kunt er geen nepfoto's van het monster van Loch Ness mee in elkaar zetten, maar...'

Robert keek hoe de foto op het schermpje steeds scherper en donkerder werd terwijl Anne op de toetsen drukte.

'Een beetje met het contrast spelen...' zei ze zachtjes, 'en...' Robert en Linda glimlachten. De groeven en schaduwen in de muur waren zo diep geworden op de foto dat de tekst opeens veel beter te lezen was.

Svartwolders erven sullen deez' dag wreken
Slechts eer en trouw vermogen deez' ban te breken

'Goed gedaan,' zei Robert tegen Anne, opgelucht dat ze blijkbaar niet zo nutteloos was als hij had gedacht.

'Waar zou die tekst op slaan?' vroeg Linda.

Robert schudde zijn hoofd. 'Geen flauw idee. Het klinkt in ieder geval niet als een Bijbeltekst of zo.'

'Svartwolders erven?' vroeg Anne. 'Erven is erfgenamen, maar wie of wat is Svartwolder?'

Op dat moment voelde Robert opeens een rilling over zijn rug lopen. Hij had het gevoel dat ze bekeken werden. Terwijl

Anne en Linda nietsvermoedend verder praatten, keek hij zo onopvallend mogelijk om zich heen. Toen zijn blik over een muur aan de andere kant van de abdij gleed, schrok hij. Half verscholen achter de muur stond een donkere gestalte roerloos naar hen te kijken.

Robert voelde kippenvel op zijn armen. De vreemdeling stapte opzij en verdween in de schaduwen, maar Robert had hem lang genoeg gezien om te durven zweren dat hij gekleed was als een monnik, in een lange donkerbruine pij met een kap over zijn hoofd. Robert dacht aan de geesten van monniken die volgens Anne in de ruïnes rondwaarden. Had hij zojuist zijn eerste spook gezien? Hij liep met bonzend hart naar de plek waar de gedaante had gestaan, maar er was niemand meer te bekennen.

Linda en Anne keken hem verbaasd na.

'Wat is er?' riep Anne.

'Ik weet het niet zeker,' zei Robert, 'maar volgens mij hebben we de juiste plek uitgekozen voor onze spookvakantie!'

Hoofdstuk 5

Spookverhalen

Anne zat op een kleedje in het gras naast het kampvuur dat Robert en Linda aan het aanleggen waren. Ze staarde woedend naar Eddie, die deed alsof hij niets merkte en rustig doorging met het klaarzetten van de papieren borden en plastic bekers. Hij was zojuist teruggekeerd met het avondeten, maar had zich niet gehouden aan het lijstje dat Anne hem had laten opschrijven. In plaats van de gezonde groenten waar ze om had gevraagd, had hij een paar pakken hamburgers, knijpflessen met boter, mayonaise en ketchup en een paar flessen cola meegebracht. Volgens eigen zeggen was hij Annes lijstje kwijtgeraakt toen hij onderweg werd overvallen door een horde zombies.

'Ik ben vegetariër!' zei Anne boos. Ze klonk alsof ze moeite had haar tranen in te houden.

Eddie zuchtte. 'Wat klaag je nou?' vroeg hij. 'Hamburgers zijn goed krachtvoer! Daar word je sterk van!'

'Je wordt helemaal niet sterk van vlees,' zei Anne. 'Alleen maar dik. Groente is veel gezonder.'

'Ja, spinazie zeker,' mompelde Eddie. Hij pakte de fles vloeibare boter en kneep hem half leeg in een koekenpan. 'Net als Popeye.'

Anne keek vol walging naar de pan vol boter, waarin Eddie nu zo veel mogelijk hamburgers propte. 'Spinazie zit toevallig wel vol ijzer,' zei ze hooghartig. 'En van ijzer word je sterk.'

Eddie wees met zijn vrije hand naar de half ingezakte tenten. 'Als je zo graag ijzer wilt eten, pak dan die ijzeren pinnen van de tenten.'

Anne zuchtte. 'Haringen,' zei ze alsof ze een schooljuf was

die een dom kind toesprak. 'Die ijzeren pinnen heten haringen.'

'Haringen?' lachte Eddie. 'Jammer, dan. Vis lust je toch ook niet?' Hij deed net alsof hij haar serieus aankeek. 'Luister, even goede vrienden. Ik heb best begrip voor je, hoor. Maak je nou maar geen zorgen, ik heb groenvoer voor je geregeld.'

Anne keek heel even hoopvol, maar haar gezicht betrok toen hij om zich heen gebaarde naar het grasveld waarop ze zaten. 'Kijk eens aan, een veld vol groenvoer. Eet smakelijk!'

Anne keek hem woedend aan, opende haar mond om iets te zeggen en gaf het toen op. Ze stond op en liep naar Linda, die inmiddels het vuur aan de praat had gekregen.

'Kom, Linda,' zei ze, 'dan gaan wij naar het dorp om gezond eten te halen. Laat die barbaren maar op dat vieze vette vlees knagen.'

Linda keek aarzelend naar de hamburgers. Eddie hield de pan boven het vuur en het vet begon al een beetje te borrelen. 'Nou... eh... ik weet niet...' mompelde ze. Ze keek Anne verlegen aan. 'Ik hou eigenlijk wel van hamburgers.'

Anne zuchtte overdreven en liet zich weer op haar kleedje zakken.

Een paar uur later zaten ze gezellig rond het kampvuur, hun buiken vol, te genieten van de warme zomernacht. De maan stond helder aan de hemel en werd weerspiegeld in de kalme golven die vlak buiten de haven om de vuurtoren heen kabbelden. In het dorp brandden talloze lichtjes, maar het lawaai van de feestvierders kon hen hier niet bereiken. Ze hoorden alleen het zachte ruisen van de golven en het knapperen van het hout in het vuur.

Zelfs Anne had het naar haar zin. Linda had haar na het eten mee naar het dorp genomen, waar ze in een supermarkt die nog laat open was een heleboel rauwkost en groente hadden gehaald.

Het was nu zo donker om hen heen dat ze de resten van de abdij niet meer konden zien. Het leek wel alsof hun kampvuur het middelpunt van de hele wereld was.

Robert keek zwijgend naar de haven, diep onder hen. Zijn buik zat vol hamburgers en hij voelde zich dromerig.

'Weet je,' zei hij zachtjes, 'ik heb gelezen dat er lang geleden een schip is vergaan in die haven. En tijdens sommige nachten, niemand weet precies wanneer, komen de geesten van de verdronken zeelui uit het water tevoorschijn.'

'Om wat te doen?' vroeg Eddie.

Robert zat nog steeds dromerig naar het donkere water van de haven te staren en schrok op. 'Wat bedoel je?'

'Die dode zeelui,' zei Eddie. 'Wat doen ze als ze uit het water komen?'

Robert haalde zijn schouders op. 'Ik zou het niet weten.'

'Ze eten vast mensen op,' zei Eddie.

Robert schudde zijn hoofd. 'Nee, dat doen ze niet. Spoken eten geen mensen.'

'Misschien zijn het zombies. Zombies eten mensen.'

'Alleen in films,' zuchtte Robert.

'Ja, goed idee!' zei Anne opeens.

Robert keek haar verbaasd aan. 'Wat is een goed idee?'

'Laten we spookverhalen vertellen bij het kampvuur!'

De anderen glimlachten. Daar was het inderdaad een erg geschikte nacht voor.

'Gaaf!' zei Eddie. 'Ik eerst!'

Anne zuchtte overdreven hard, maar Eddie hoorde haar niet, of deed alsof hij haar niet hoorde.

'Er was eens een dokter,' begon hij, 'die niet helemaal lekker was. Iedereen wist dat, en daarom had hij geen patiënten. Ze waren veel te bang dat hij hun hoofd eraf zou hakken om hun hoofdpijn te genezen, of zo. En dus had die dokter erg veel vrije tijd. Maar hij verveelde zich te pletter. Wat moet je doen als je dokter bent en helemaal geen patiënten hebt? Op een dag kreeg hij een idee: hij ging zelf patiënten maken! En dus ging hij midden in de nacht met zijn schop naar het kerkhof en begon dode mensen op te graven die hij in zijn ondergrondse labaro... laborito... in zijn ondergrondse hol opknapte. Hij plakte de beste stukken van ieder lichaam aan elkaar tot hij een heleboel perfecte mensen had. Hij maakte ze levend met zijn leefmaakmachine en voor je het weet had hij een heel leger patiënten.'

Hij dacht even na, terwijl de anderen hem zwijgend aan zaten te kijken.

'Maar,' ging hij verder, 'de dokter kreeg een nieuw probleem. Hij had zo goed zijn best gedaan toen hij zijn patiënten in elkaar zette, dat ze nooit ziek werden. En dus had hij als dokter nog niks te doen!'

Robert probeerde met moeite een grijns te onderdrukken. Naast hem slaagde Linda daar niet in.

'En dus,' zei Eddie, 'besloot de dokter zijn zelfgemaakte patiënten aan stukken te hakken met zijn trouwe kettingzaag. Maar dat had hij beter niet kunnen doen, want de patiënten aten hem met huid en haar op.' Hij keek zwijgend naar de door het vuur verlichte gezichten van de anderen. Het duurde even voor die doorhadden dat het verhaal was afgelopen.

Robert kon zijn lach niet meer inhouden. 'Geweldig!' zei hij, en hij klapte in zijn handen.

Ook Linda lachte nu hardop. Alleen Anne zat chagrijnig in het vuur te staren.

'Nu jij!' zei Linda tegen Robert.

'Ik?' vroeg hij. 'Maar ik weet niks te verzinnen.'

'Onzin,' zei Anne. 'Op je website heb je altijd wel iets te vertellen. Volgens mij zit jij vol verhalen.'

Robert dacht even na, starend naar de maan boven de zee. Het was zo stil en donker om hen heen dat het leek alsof de hele wereld had opgehouden te bestaan.

'Er woonde eens een oude, blinde man in een klein huisje aan de rand van een kerkhof,' begon hij. 'Hij woonde een eindje buiten het dorp en was erg eenzaam. Niemand kwam ooit bij hem op bezoek, want niemand kwam graag in de buurt van het kerkhof. Elke avond zat hij in de leegte te staren voor de deur van zijn huisje en zuchtte dan: "Kwam er maar eens iemand bij me op bezoek." Op een avond, juist toen hij op het punt stond om naar bed te gaan, werd er zachtjes op zijn deur geklopt. Verbaasd deed de man open en een koude windstoot blies binnen. Er bleek een bezoeker voor zijn deur te staan. De oude man wist niet wie het was, maar hij was dankbaar en liet de vreemdeling binnen. Al snel zat hij met zijn gast aan tafel te praten. Het gesprek ging door tot diep in de nacht en pas vlak voordat de haan kraaide en de zonsopgang eraan kwam, vertrok de vreemdeling. Maar vanaf toen kwam hij elke nacht terug.'

Robert nam een slokje van zijn cola en keek de anderen aan, die gespannen zaten te luisteren.

'De blinde man was erg dankbaar voor het gezelschap, maar de gesprekken verliepen een beetje stroef. De bezoeker praatte erg zachtjes en wist helemaal geen interessante nieuwtjes te vertellen. Het leek wel alsof hij alleen maar dingen wist die lang geleden gebeurd waren. Nu vond de oude man dat best interessant, maar er knaagde nog iets aan hem. Zijn gast was zo verlegen dat hij zich niet graag liet aanraken. Voor de blinde man was dat de enige manier om te weten hoe iemand eruitzag, dus besloot hij op een avond dat hij er genoeg van had. Hij was altijd erg gastvrij geweest en het was niet meer dan fatsoenlijk van zijn gast dat hij zich even liet aanraken. Hij besloot het gewoon te doen en wachtte op het vallen van de nacht en de komst van zijn vreemde bezoeker.'

Hij nam weer een slokje cola. Vertellen was dorstig werk. 'Toen de nacht viel, klonken de bekende zachte kloppen op de deur. De oude man deed open en hoorde zijn gast de kamer binnen schuifelen en aan tafel gaan zitten. En toen greep hij zijn kans. Hij boog zich snel voorover en bracht zijn vingers naar het hoofd van zijn gast... maar hij voelde geen zachte huid, geen haren, en zelfs geen ogen. Wat hij voelde waren lege oogkassen in een gladde, klamme schedel.

De oude man viel bevend op de grond terwijl het geraamte met een luid gejammer zijn deur uit rende en terugkeerde naar het graf waaruit de oude man hem had geroepen.' Robert keek verlegen naar de gezichten om hem heen. Ze zaten hem met grote ogen aan te kijken. 'Einde,' mompelde hij onzeker.

Het bleef even stil, toen begonnen Eddie, Anne en Linda tegelijk in hun handen te klappen.

'Bravo!' riep Anne.

'Dat was bijna nog beter dan mijn verhaal!' lachte Eddie.

Ze gingen die nacht pas laat slapen, want een van de leuke dingen van op vakantie gaan zonder ouders is dat je zelf mag weten hoe laat je naar bed gaat. Het grootste deel van de avond hadden ze doorgebracht met het maken van plannen voor de rest van de week. Robert had voorgesteld om de schrijver van zijn boekje met plaatselijke spookverhalen op te zoeken. Zijn adres stond achterin, bij een reclame voor een hele reeks verdere boeken die je bij de schrijver zelf kon bestellen.

De vreemde tekst die ze in de ruïne van de abdij hadden gelezen spookte nog steeds door Roberts hoofd.

Svartwolders erven sullen deez' dag wreken
Slechts eer en trouw vermogen deez' ban te breken

Hij zou misschien niet zo geïnteresseerd zijn geweest als hij niet vlak na de ontdekking van de tekst die vreemde monnik had gezien. Hij wist eigenlijk niet zo veel over de abdij en ook in het boekje stond niets over een Svartwolder of over spookmonniken in de ruïne. Maar volgens de biografie in het boekje was de schrijver, Markus Fort, niet alleen een kenner van alles wat ook maar een beetje mysterieus was, hij wist ook alles over de geschiedenis van Zwartbaai. Hij was dus de perfecte persoon om een paar vragen te beantwoorden.

Robert had er nu al zin in. Hij wist niet of de schrijver thuis zou zijn of hen zou willen spreken, maar hij had het gevoel dat hun onderzoek naar de spoken van Zwartbaai nu echt was begonnen.

'Pssst! Slaap je al?'

Robert schrok wakker van een stem vlak bij zijn oor. Eddie, die in een slaapzak naast hem in de tent lag, scheen met een zaklamp in zijn gezicht.

Robert knipperde verward met zijn ogen. 'Wat? Wat is er? Hoe laat is het?'

'Midden in de nacht,' zei Eddie zachtjes.

'Waarom maak je me dan wakker?' vroeg Robert verbaasd. Heel even schoot de gedachte door zijn hoofd dat Eddie misschien een spook had gezien.

'Ik wilde je mijn grap niet laten missen,' zei Eddie met een brede grijns.

Robert voelde nattigheid en ging overeind zitten. Het half ingezakte dak van de tent hing op zijn hoofd. 'Wat voor grap?' vroeg hij.

Eddie grabbelde in zijn tas en haalde een verschrikkelijk lelijk rubberen masker tevoorschijn. Zo te zien moest het een weerwolf voorstellen, harig met grote scherpe tanden.

'Wat ben je daarmee van plan?' vroeg Robert.

Eddie kroop uit zijn slaapzak en greep naar zijn spijkerbroek. 'Ik ga de dames een bezoekje brengen.'

41

Robert zuchtte. 'Is dat nou wel zo'n slim idee? Volgens mij beginnen ze je net een beetje aardig te vinden.'

Eddie wrong zich moeizaam in zijn broek. De tent was erg klein en bewegen ging niet zo gemakkelijk. 'Ik heb die grap al weken geleden bedacht en dat masker was niet goedkoop,' zei hij. 'Het moet hoe dan ook doorgaan.' Hij klonk als een generaal die het over een belangrijke militaire missie had.

Robert besloot dat het geen zin had om Eddie tegen te houden en dus trok hij met tegenzin zijn kleren aan en volgde Eddie naar buiten.

Daar was het inmiddels nog veel donkerder geworden. Zelfs de meeste lichten diep beneden hen in het dorp waren uitgegaan en de maan was verdwenen. Ze konden bijna geen hand voor ogen zien en hun voetstappen in het gras klonken onnatuurlijk hard. In de verte hoorden ze het ruisen van de zee.

Eddie sloop op zijn tenen naar de tent van de meisjes, het masker in zijn ene hand en een zaklamp in de andere.

Terwijl Robert nerveus stond toe te kijken, zijn armen om zich heen geslagen tegen de koude wind, knielde Eddie bij de ingang van de tent neer en zette het masker op. Langzaam bewoog hij zijn hand naar de ritssluiting van de tent, waarin alles doodstil was. Hij klikte de zaklamp aan en richtte hem op zijn masker. Daarna begon hij heel voorzichtig de tent open te ritsen. Toen die tent helemaal open was, stak hij zijn hoofd naar binnen, de zaklamp nog steeds op zijn masker gericht, en gromde en brulde als een wild beest.

Het leek wel alsof de hel losbarstte op de zojuist nog zo rustige klif. De meisjes gilden en de tent vloog omhoog toen ze probeerden op te staan.

Eddie dook achteruit toen Anne met tent en al achterover in het gras viel en Linda uit haar slaapzak sprong. Voor hij de kans kreeg om weg te rennen, had ze hem een flinke trap gegeven. Hij viel voorover in het gras, happend naar adem, maar nog steeds lachend.

Robert wist niet zo goed wat hij moest doen.

Anne kroop tevoorschijn uit de ingestorte tent en schold Eddie uit met een hele reeks scheldwoorden die Robert niet had verwacht van zo'n net meisje.

Terwijl de meisjes hem bekogelden met de resten van het avondeten, rolde Eddie over de grond met tranen in zijn ogen van het lachen.

'Sorry...' wist hij uit te brengen. 'Maar... maar...' Hij hapte naar adem. 'Ik kon het niet laten!'

Linda hield op met het gooien van half verkoolde stukken hamburger en keek hem even aan. Toen verscheen er een glimlach op haar gezicht.

'Ach...' zei ze voorzichtig tegen Anne, die nog steeds woedend was en om een of andere reden op de ingestorte tent stond te stampen, 'eigenlijk was het best grappig.'

'Best grappig?' lachte Eddie. 'Bést grappig? De laatste keer dat ik zo hard heb gelachen was toen we seksuele voorlichting kregen op school!'

Robert schoot nu ook in de lach.

Samen zetten ze de tent opnieuw op, terwijl Anne op een afstandje zat te mopperen, stevig in haar slaapzak gewikkeld.

Even later was alles weer stil boven Zwartbaai.

Hoofdstuk 6

Markus Fort

Na een vettig ontbijt van gebakken hamburgers maakten ze zich de volgende ochtend klaar om de schrijver op te zoeken. Robert, Eddie en Linda stonden aan de rand van de klif naar het dorp te kijken, terwijl Anne voor haar tent zat en druk bezig was met een spiegeltje en een beautycase vol make-up. Het beloofde weer een mooie dag te worden. De ochtendzon overgoot Zwartbaai met goud en hoewel het nog vroeg was, voelde het al erg warm. Eddie vermaakte zich met het gooien van stukken hamburgers naar de voorbijvliegende meeuwen. De beesten waren erg handig en wisten de meeste stukken in de lucht te onderscheppen.

Robert keek om naar Anne. Hij begon ongeduldig te worden. Eerder die ochtend, toen Anne begonnen was met haar make-up, had hij zijn plattegrond van Zwartbaai tevoorschijn gehaald en het adres van Markus Fort omcirkeld. De schrijver woonde aan de rand van het dorp, niet ver van het station.

Hij bukte zich toen een meeuw vlak over zijn hoofd scheerde om een stuk hamburger op te vangen, en keek opnieuw ongeduldig om naar Anne.

'Ben je klaar?' vroeg hij, een klein beetje geïrriteerd.

Anne was juist bezig haar lipstick op te brengen, zodat ze niet meteen antwoord gaf. Toen keek ze tevreden in haar spiegeltje, smakte een keer met haar lippen, en keek hem vriendelijk lachend aan. 'Bijna,' zei ze, en ze haalde een spuitbus met haarlak uit haar tas.

Robert zuchtte. Dat had ze al drie keer gezegd.

'Wat gaan we eigenlijk doen als we bij die schrijver zijn geweest?' vroeg Linda.

'Ik weet het niet,' zei Robert, 'maar het zou me niet verbazen als Markus Fort ons een paar tips kan geven.' Hij liep naar zijn tent en pakte het boekje dat in de opening lag. 'Hij is immers...' Hij bekeek de achterkant van het boekje. '...een alom gerespecteerd expert op het gebied van het bovennatuurlijke, secretaris van het UFO-genootschap van de noordkust, redacteur van het online tijdschrift *Geheime kennis die eigenlijk geheim moet blijven van de regering*, en president van de *Star Adventures*-fanclub van Zwartbaai.'

Linda keek hem fronsend aan. 'Volgens mij is hij nogal onder de indruk van zichzelf,' zei ze. Ze pakte het boekje uit zijn hand en bekeek het met opgetrokken wenkbrauwen. 'Weet je zeker dat hij een beroemde schrijver is? Dit ziet eruit alsof hij het zelf heeft uitgeprint en met een nietapparaat in elkaar heeft gezet.'

Robert haalde zijn schouders op. 'Op zijn website zegt hij dat hij een erg succesvolle schrijver is en al 25 boeken heeft geschreven.'

Linda bladerde het dunne boekje door. 'Dat wil ik best geloven. Veel werk lijkt het me niet om zo'n boekje in elkaar te flansen.'

'Klaar!' riep Anne opeens. Ze stond achter hen in een lichtblauw zomerjurkje, fris en fruitig en zo verzorgd dat het leek alsof ze op het punt stond een modeshow te lopen.

'Gelukkig,' zei Eddie. Hij wees dramatisch naar het dorp onder hun voeten. 'Op naar het avontuur!'

Het was lekker rustig in de straten. De toeristen lagen nog in bed en alleen de inwoners van het dorp waren al op de been. Hier en daar waren vrouwen bezig met het schoonschrobben van de stoep voor hun huisjes en de eigenaren van de souvenirwinkeltjes rolden rekken vol ansichtkaarten naar buiten. Robert wierp een blik op een van de rekken. Tussen foto's van vrouwen in bikini's zag hij een paar mooie foto's van de abdijruïne en een pikzwarte kaart met de tekst *Nachtleven in Zwartbaai.*

'Wil iemand nog een kaart naar huis sturen?' vroeg hij, en hij knikte naar de souvenirwinkel.

Eddie lachte. 'Ja, ik wil er wel eentje naar jouw moeder sturen om te vertellen dat je gezond eet en elke dag een schone onderbroek aantrekt.'

Robert probeerde te glimlachen. Hij wist nog steeds niet helemaal zeker of hij Eddie nu wel of niet mocht. Gelukkig leek het alsof de meiden hem niet hadden gehoord. Hij kocht snel de zwarte kaart om naar zijn moeder te sturen en liep achter de anderen aan.

Een korte wandeling later stonden ze in een straat die een stuk minder gezellig was dan de rest van Zwartbaai. Het was het soort nieuwbouwwijk waar je 's nachts niet graag rond zou willen lopen. Bijna alle muren waren vol graffiti gespoten en in de straten lag afval.

Anne keek bezorgd om zich heen en hield haar handtas stevig in haar armen geklemd. 'Woont hij hier?' vroeg ze verbaasd.

Robert knikte. Hij was zelf ook een beetje verward. Je zou toch verwachten dat de succesvolle schrijver van 25 boeken in een wat nettere buurt zou wonen.

'Om precies te zijn,' zei hij, 'in dat huis. Nummer 36.' Hij wees naar een bungalow halverwege de straat. Hoewel het huis er helemaal niet oud uitzag, was het versleten door gebrek aan onderhoud en door vandalisme. De verf bladderde van de muren af en iemand had eieren tegen de ramen gegooid. Op de voorgevel was met rode verf het woord 'freak' gespoten.

'Mooie tuinversieringen,' zei Eddie, en hij wees naar een autowrak en een paar roestige tonnen die in de tuin lagen. In het ongemaaide gras waren een paar losse tegels neergegooid die als pad naar de voordeur moesten dienen.

Ze stonden even sprakeloos naar het huis te kijken.

Toen vermande Robert zich en stapte op de voordeur af, voorzichtig gevolgd door de anderen. Hij drukte op de bel en wachtte gespannen af.

'Hij is niet thuis!' zei Anne snel. 'Kom, dan gaan we weer.'

Ze wilde zich omdraaien om ervandoor te gaan, toen de deur plotseling op een kier werd geopend en een oude vrouw met krulspelden in naar buiten gluurde.

'Wat moeten jullie?'

'Wij, eh...' begon Robert nerveus. De vrouw keek hem zo vijandig aan dat hij moeilijk uit zijn woorden kwam. 'W-wij zouden graag Markus Fort spreken, alstublieft. Het gaat over spoken.'

De vrouw keek even nóg bozer en zuchtte toen. Robert wist niet zeker of hij iets verkeerds had gezegd. Toen opende ze de deur een klein beetje verder en riep over haar schouder: 'Markus! Er zijn vriendjes aan de deur om met je te spelen!'

Vanuit de woning klonk gestommel en een mannenstem antwoordde: 'Mam... alsjeblieft. Doe nou eens niet zo... Wat willen ze precies?'

'Weet ik veel?' riep de vrouw. 'Ik ben je secretaresse niet! Ze hebben het over spoken!'

'Dragen ze zwarte pakken?' vroeg de stem nerveus. 'En zonnebrillen?'

De vrouw zuchtte weer. 'Nee!' riep ze. 'Het zijn een paar kinderen!' Ze opende de deur iets verder en keek haar gasten aan. 'Altijd bang dat de regering langskomt om hem op te pakken,' mompelde ze.

'Hem oppakken?' vroeg Anne geschrokken. 'Waarom?'

'Ach,' zei de vrouw terwijl ze een sigaret opstak. 'Iets met geheime kennis of zo. Hij gelooft dat de regering allerlei geheime plannen uitvoert en dat ze hem het zwijgen willen opleggen. Ik heb hem al vaak genoeg gezegd dat hij te oud is voor die sprookjes, maar ja...' Ze keek hen opeens wantrouwig aan, de sigaret uit haar mondhoek hangend. 'Jullie geloven toch zeker niet ook in die onzin, hè?'

'Nee, mevrouw,' zei Eddie snel, 'wij geloven helemaal nergens in.'

Op dat moment naderden voetstappen de deur en het gezicht van Markus Fort tuurde over de schouder van zijn moeder naar buiten. Hij zag er erg oud uit voor iemand die nog bij zijn moeder woonde. Het grootste deel van zijn haar bevond zich achter in zijn nek, waar een lange zwarte paardenstaart naar beneden hing. Zo te zien probeerde hij een baard te laten groeien, want zijn kin stond vol met borstelige sprieten. Een T-shirt met een vliegende schotel erop stond strak om zijn dikke buik gespannen. Daaronder droeg hij een wijde kniebroek en witte sokken met sandalen.

Hij keek hen onderzoekend aan door een dikke bril. 'Kan ik jullie helpen?' vroeg hij nerveus.

'Wij... ik heb je boek over spookverhalen in Zwartbaai gelezen,' zei Robert, 'en we vroegen ons af of je wat vragen zou willen beantwoorden.'

Fort keek over hun hoofden heen naar de straat en besloot toen blijkbaar dat ze alleen waren. 'Kom binnen,' zei hij, en hij deed de deur helemaal open.

Markus Fort leidde hen door een smalle gang die naar de achterkant van het huis leidde, terwijl zijn moeder op haar sloffen naar de woonkamer wandelde, mompelend dat het tijd werd dat haar zoon eens een vriendin kreeg en dat hij niet zijn hele leven bij haar kon blijven wonen.

'Hier woon ik,' zei Fort. Hij opende een deur en ze volgden hem een erg vreemde kamer in. Het was er schemerig en het enige licht kwam van vier computerschermen die tegelijk aanstonden. De computers rustten op twee tegen elkaar geschoven bureaus die bezaaid waren met cd's, losse vellen papier en half leeggegeten chipszakken. Aan de muren hingen rubberen zwaarden en speren, en onduidelijke foto's van vreemde wezens zoals het monster van Loch Ness en Bigfoot. Alle ramen waren dichtgeplakt met aluminiumfolie.

'Ga zitten,' zei Fort, en hij gebaarde naar een onopgemaakt bed waarop een grote plastic dinosaurus lag.

Anne trok een grimas naar Robert, alsof ze wilde zeggen dat het zijn schuld was dat ze hier terecht waren gekomen.

Verwonderd rondkijkend schoven ze de dinosaurus opzij en gingen op de rand van het bed zitten, terwijl Fort in een bureaustoel plaatsnam die bij de computers stond.

'Hé, die ken ik!' zei Eddie. Hij wees naar een plank aan de muur die vol stond met plastic poppetjes. Het waren allemaal ruimtewezens uit de populaire sciencefictionserie *Star Adventures*.

'Dat is dat monster in die aflevering waarin de kapitein van het ruimteschip in een arena moet vechten,' zei Eddie.

Hij stond op en stak zijn hand uit naar een poppetje van een soort draak in een zilveren balletpakje, maar Fort sprong snel uit zijn stoel en dook op hem af.

'Nee, niet aanraken!' zei hij.

Eddie trok geschrokken zijn hand terug.

'Dat is een heel zeldzaam exemplaar!' zei Fort. 'Er is in de fabriek iets misgegaan waardoor hij een teen tekortkomt. Iedereen weet dat de dracodroids van de planeet Blorsnan acht tenen hebben, en deze heeft er maar zeven!' Hij bekeek het poppetje vol eerbied, alsof het een waardevolle schat was. Gelukkig zag hij niet hoe zijn gasten elkaar met rollende ogen aankeken. 'Nou,' zei Fort terwijl hij terugliep naar zijn stoel. 'Wat kan ik voor jullie doen?'

'Zou het misschien mogelijk zijn om een raampje open te

doen of zo?' vroeg Anne opeens. Ze had al sinds ze de donkere, stoffige kamer binnen was gelopen naar adem gehapt.

Fort schudde zijn hoofd. 'Nee, ik kan de aluminiumfolie voor het raam niet weghalen. Als ik dat doe, kunnen ze ons afluisteren.'

'Afluisteren?' vroeg Robert verbaasd. 'Wie dan?'

'Buitenaardse wezens, natuurlijk,' zei Fort, alsof Robert een erg domme vraag had gesteld.

Anne keek nerveus naar Robert. 'Misschien wordt het tijd dat we weer eens vertrekken?' vroeg ze hoopvol.

Maar Robert schudde zijn hoofd. 'Ik heb uw boek over de spookverhalen van Zwartbaai gelezen,' zei hij tegen Fort, 'en omdat wij hier een week op zoek willen gaan naar spoken...'

Fort lachte. 'Een week? Heb je wel eens vaker op spoken gejaagd?'

'Nou, nee...' mompelde Robert, 'niet in het echt.'

'Spoken laten zich niet opjagen,' zei Fort gewichtig. 'Ze zijn al dood, zie je, dus ze hebben absoluut geen haast. Het kan weken, of zelfs maanden duren voor je iets ziet.'

'Maar er gebeuren de laatste tijd steeds meer vreemde dingen in Zwartbaai,' zei Linda opeens. Ze keek snel naar haar voeten en begon met haar handen te wringen.

Fort krabde nadenkend over de haren op zijn kin. 'Klopt,' zei hij. 'Dit is zeker een goede tijd om spoken te zien.'

'Hebt u enig idee waarom?' vroeg Robert.

Fort haalde zijn schouders op. 'Ik weet het niet zeker,' zei hij. 'Je hebt wel eens van die perioden dat er meer bovennatuurlijke activiteit is dan anders. Vlak voor het jaar 2000 bijvoorbeeld, toen iedereen dacht dat de wereld zou vergaan. Toen waren er ook veel meer spoken te zien.'

'Ik geloof dat ik ook een spook heb gezien,' zei Robert. 'In de ruïne van de abdij.'

Fort keek hem geïnteresseerd aan. 'Hoe zag dat spook eruit?'

'Een monnik,' zei Robert. 'In een donkerbruine pij.'

Fort knikte. 'Dat zou best kunnen. De monniken die vroeger in de abdij leefden, droegen zulke kleding.'

'Het was vlak bij een rare tekst die in de muur was gebeiteld,' zei Robert. 'Naast die plek waar ze een tijd terug gegraven hebben.'

Fort ging rechtop zitten en keek hem aan. Hij leek nu erg geïnteresseerd. 'Wat? Bij de tekst over Svartwolder?'

Robert knikte. 'U kent die tekst?'

'Natuurlijk ken ik die,' zei Fort. 'Iedereen in Zwartbaai kent de gekke graaf Svartwolder.'

'Gekke graaf?' vroeg Robert.

Fort draaide zich om en boog zich over zijn toetsenbord. Hij doorzocht een paar mappen op zijn computer en al snel verscheen een afbeelding van een oud schilderij op het scherm.

'Graaf Edward Svartwolder,' zei hij. 'Een van de beruchtste inwoners van Zwartbaai.'

De man op het schilderij had een vreemde grijns op zijn gezicht en grote ogen die hem een beetje op een kikker lieten lijken. Hij was van top tot teen in het zwart gekleed en had een dikke bos zwarte krullen die langs zijn schouders naar beneden vielen.

'Ik heb nog nooit van hem gehoord,' zei Robert terwijl hij naar het portret keek. Iets aan de man liet hem de rillingen over zijn rug lopen.

'Ik heb een hoofdstuk over hem geschreven in mijn nieuwe boek *Duistere geheimen en vreemde figuren uit de geschiedenis van Zwartbaai*,' zei Fort. 'Heb je dat niet gelezen?'

Robert schudde zijn hoofd.

'Ik zal er straks wel eentje voor je uitprinten,' zei Fort. 'Dan zal ik er meteen een handtekening in zetten.'

'Dank u,' mompelde Robert zachtjes. Hij zag dat Eddie met moeite zijn lach inhield.

'Maar wie was graaf Svartwolder dan?' vroeg Anne. 'En waarom staat zijn naam in dat rare versje in de abdij?'

Fort glimlachte en stond op. Hij pakte een boek van een plank en bladerde het door. '*Merkwaardigheden van Zwartbaai en omliggende dorpen*,' mompelde hij. 'Van pastoor Barber, uit 1879. Een van de beste bronnen voor de verhalen over de gekke graaf.'

Hij vond wat hij zocht en gaf het boek aan Anne. Ze keek even naar de anderen en begon toen hardop te lezen. 'Graaf Edward Svartwolder, elfde graaf van het landgoed Svartbey. In den volksmond worden nog altijd sterke verhalen verteld over dezen merkwaardigen figuur. Zijn bijnaam "den gekken graaf" dankt hij aan zijn excentrieke gedrag. Zo was hij gewoon den helen dag in bed door te brengen om dan bij nacht en ontij het omliggende platteland onveilig te maken door veel te hard te rijden in zijnen zwarten koets en wilde feesten te vieren met zijn woeste en immer dronken kompanen. Tot opluchting der bevolking van het dorp in den baai verdween hij op een dag met den noorderzon op reis naar een ver land.

Jaren leefde iedereen in pais en vree, tot graaf Svartwolder op enen kwaden nacht terugkeerde. Vanaf toen werd alles erger. Nachtelijks werden vreemde lichten en bloedstollende geluiden waargenomen rond zijn voorvaderlijk huis op den Oostklif. Er werden angstige verhalen gefluisterd over een zeker "iets" wat den graaf zou hebben meegebracht van zijnen verren reis. Zoo bijgelovig waren de mensen in die tijd, moge de Heer het hun vergeven. Uiteindelijk bereikten de geruchten de eerbiedwaardige oren van de broeders van den abdij op den Westklif. Dit gebeurde tijdens dien bloederigen periode in den Europeeschen geschiedenis toen de mensen overal heksen meenden te zien en den duivel zelf op den aarde rond zou waren. Overal werden brandstapels opgericht en ook Zwartbaai moest eraan geloven. De gekke graaf werd in het jaar 1675 gearresteerd en door de broeders ondervraagd, waarna hij tot den brandstapel werd veroordeeld. In het dorp doet nog steeds het verhaal den ronde dat graaf Svartwolders laatste woorden waren: Svartwolders erven sullen deez' dag wreken, slechts eer en trouw vermogen deez' ban te breken.'

Anne keek verbaasd op. 'Dat is de tekst die op die muur stond,' zei ze.

Fort knikte. 'Toen de Duitsers in de Tweede Wereldoorlog een paar bommen op de abdij lieten vallen, is die verborgen muur tevoorschijn gekomen. Sindsdien weet iedereen dat er meer schuilt achter het oude verhaal over Svartwolders laatste woorden.'

'Wat dan?' vroeg Robert.

'Dat weet niemand precies,' zuchtte Fort. 'Maar de monniken vonden dat oude rijmpje blijkbaar belangrijk genoeg om het in de muur te kerven.'

Op dat moment ging de deur open en Forts moeder kwam binnen met een dienblad vol glazen en een schaal koekjes.

'Alsjeblieft Markus,' zei ze, 'ranja en koekjes voor je vriendjes.' Een smeulende sigaret hing uit haar mondhoek en de as dwarrelde op het dienblad.

'Mam!' zei Fort geschrokken. 'Ga weg! Ik zit in vergadering!'

Zijn gezicht werd rood en hij sprong snel op zijn moeder af. Hij greep het dienblad uit haar handen en werkte haar de deur uit.

Eddie schoot in de lach en ook de anderen wisten met moeite een grijns te onderdrukken.

Fort maakte snel de deur dicht en deed hem op slot. Hij zette het dienblad op zijn bureau.

'Is jullie niet opgevallen,' zei Linda opeens, 'dat die toename in spookverschijningen zo'n beetje begonnen is vlak na die opgraving in de abdij? Recht onder die muur waarin de laatste woorden van graaf Svartwolder zijn gebeiteld?'

De anderen keken elkaar aan. Ze had gelijk, dat was wel erg toevallig. Vooral nu ze wisten dat Svartwolder zich met duistere krachten zou hebben beziggehouden.

Fort keek Linda peinzend aan. 'Je hebt gelijk,' zei hij. 'Daar had ik nog niet aan ge... eh, ik bedoel, dat had ik ook al bedacht.'

'Wat hebben ze gevonden tijdens die opgraving?' vroeg Eddie.

'Een waardevol gouden boek,' zei Robert, 'met edelstenen.'

'Klinkt als een of andere kerkschat,' zei Anne.

Fort begon weer op zijn toetsenbord te typen en al snel verscheen een nieuwswebsite in beeld. Vanaf een foto lachte professor Swalm hun breed toe met het gouden boek in zijn handen. Naast hem stond de gulle graaf Oostwoud nóg breder te grijnzen.

'Ik lees hier dat het boek morgen naar het museum zal worden gebracht,' zei Fort. 'Tot die tijd bewaart die professor het in een huis vlak buiten Zwartbaai.'

'Woont hij hier?' vroeg Anne.

Fort schudde zijn hoofd. 'Nee, zo te zien heeft hij tijdens de opgraving een huis gehuurd. Hij vertrekt morgen blijkbaar ook.'

Robert stond snel op. 'Laten we naar hem toe gaan,' zei hij. 'Misschien kan hij ons wat meer vertellen over het boek en graaf Svartwolder!'

'Goed idee,' zei Fort. Hij keek Robert goedkeurend aan. 'Jullie zijn hard op weg om prima onderzoekers te worden.'

Robert draaide verlegen zijn blik weg. 'Denkt u dat u het adres van de professor kunt vinden?' vroeg hij.

'Natuurlijk,' zei Fort, en hij begon weer te typen. 'En weet je wat? Ik vind deze zaak zo interessant dat ik met jullie meega. Ik ben zelf immers ook een gerespecteerde schrijver en wetenschapper, net als de professor. Mij zal hij tenminste serieus nemen.'

Even later liepen ze door de straten van Zwartbaai. Het deed hun goed om na de lelijke nieuwbouwwijk terug te zijn in de gezellige straatjes. Markus Fort liep tussen hen in, een kop groter dan de anderen, en nog steeds gekleed in zijn afzichtelijke kniebroek met witte sokken.

Robert had voorzichtig voorgesteld dat hij misschien beter iets netters aan had kunnen trekken voor zijn bezoek aan de professor. Maar toen Fort vervolgens was begonnen een felgekleurde stropdas over zijn vliegende schotel T-shirt te knopen, had Robert maar snel gezegd dat de schrijver er prima uitzag.

Ze hadden een paar broodjes gegeten in café De Zwarte Hond, waar de spooktap nog steeds niet wilde bewegen en Fort had ontdekt dat hij zijn portemonnee was vergeten, en waren nu op weg naar het huis van de professor, een eindje buiten het dorp.

Fort vertelde onderweg allerlei interessante wetenswaardigheden, maar Robert twijfelde eraan of hij ze allemaal geloofde. Zo wees Fort bijvoorbeeld naar een paar tv-antennes en beweerde dat die door de regering werden gebruikt om contact te onderhouden met buitenaardse wezens.

Toen ze de rand van het dorp bereikten en een lange weg op liepen die de groene weilanden van het binnenland inleidde, begon Robert minder op de verhalen van Fort te letten en steeds meer om zich heen te kijken. Er was hem in Zwartbaai zelf al iets vreemds opgevallen, en nu begon hij er steeds zekerder van te worden dat hij zich niet had vergist.

Tussen de vrolijke toeristen had hij af en toe vreemde, nors kijkende mensen gezien, die allemaal in het zwart waren gekleed. Het waren zowel mannen als vrouwen, jong en oud. Soms liepen ze in groepjes en soms waren ze alleen. Af en toe waren het motorrijders in zwartleren pakken die doelloos rondhingen op straathoeken. Wie het ook waren, om een of andere reden deden ze hem de rillingen over de rug lopen.

Hij schrok op toen Anne hem aanstootte.

'Is het wel zo'n goed idee om die kerel mee te nemen?' vroeg ze.

Robert volgde haar blik over zijn schouder en zag Fort een eindje achter hen lopen. Hij was enthousiast tegen Eddie aan het praten over zijn favoriete sciencefictionserie, opgetogen dat hij een nieuwe medefan had gevonden. Aan Eddies gezicht te zien was die de wanhoop nabij.

'Die kerel spoort niet,' zei Anne zachtjes. 'Hij gelooft echt alles.'

Linda, die naast hen liep, keek heel even opzij en wilde haar mond opendoen, maar veranderde van gedachten. Robert dacht dat hij wel wist wat ze wou zeggen: Anne hield er zelf ook een paar zweverige ideeën op na.

Hij haalde zijn schouders op. 'Ik weet het. Maar ik weet niet hoe we van hem af kunnen komen. En bovendien, hij weet veel over graaf Svartwolder en spoken.'

'Hij weet mij iets té veel,' zei Anne. 'En ik geloof nog niet eens de helft van wat hij zegt.' Ze keek hem even strak aan. 'Als wij niet oppassen, zijn we over een paar jaar net als hij.'

Robert lachte. 'Hoe kom je daar nou bij?'

'Even kijken...' zei Anne. 'Geloof je in spoken?'

'Natuurlijk,' zei Robert. 'Jij toch ook? Wat heeft dat er nou...'

'En in vampiers?'

'Ja, maar...'

'Weerwolven?'

'Er zijn genoeg betrouwbare getuigen die weerwo...'

'Buitenaardse wezens?'

'Nou, het lijkt me niet dat wij de enige wezens in het hele heelal...'

'Zie je wat ik bedoel?' vroeg Anne triomfantelijk. 'Je bent al een heel eind op weg om net als Fort te worden.'

Robert zweeg even. 'En toch denk ik dat je het zelf in de hand hebt,' zei hij. 'Gewoon niet zomaar alles geloven wat je leest.'

Linda lachte. 'Niets geloven tot we bewijs hebben gezien, dus,' zei ze.

'Precies,' zeiden Robert en Anne tegelijk.

'Dat lijkt me erg saai,' grinnikte Linda.

Robert begon te lachen, maar de lach verdween van zijn lippen. Twee motoren kwamen hun tegemoet gereden en scheurden met een razende snelheid voorbij. De berijders waren allebei van top tot teen in het zwart gekleed.

'Is het jullie ook opgevallen?' vroeg hij.

'Wat?' vroeg Eddie, die snel achter hen aan was komen lopen, hopend dat de dikke Fort hem niet bij zou kunnen houden.

'Al die in het zwart geklede mensen die we zijn tegengekomen,' zei Robert.

Eddie haalde zijn schouders op. 'Ach, misschien treedt er ergens in het dorp een gothic band op.'

Robert dacht even na. Dat zou eigenlijk best kunnen. Er traden regelmatig bands op in Zwartbaai. Hij had al verschillende keren mopperende oude mensen gezien die concertposters van hun muren af probeerden te krabben.

Hij wandelde rustig verder door het glooiende landschap, genietend van de warme namiddagzon op zijn gezicht. Maar opeens bleef hij stokstijf staan. Robert keek recht in de ogen van een vreemde gedaante die een eind van de weg, half verborgen in de struiken, naar hen stond te kijken. Hij rilde toen hij de monnik herkende die hij in de abdij had gezien.

'Wat is er?' vroeg Linda bezorgd toen ze zijn gezicht zag.

Hij keek haar heel even aan en wees naar de struiken. 'Daar!'

Linda volgde zijn blik, maar de monnik was verdwenen.

Hoofdstuk 7

De dode hand

Het was vroeg in de avond toen ze op de voordeur van professor Swalms huurhuis afliepen. Het huisje stond aan het eind van een landweg waarvan het laatste deel onverhard was en keek uit over prachtige glooiende weilanden. Hier en daar zagen ze bosjes vol rondfladderende vlinders. Zwaluwen cirkelden om elkaar heen in het zomeravondlicht, steeds opnieuw hard op het gras afduikend om dan op het allerlaatste moment weer omhoog te vliegen. Hier en daar lag een koe dromerig te kauwen.

Het huis lag er al net zo sprookjesachtig bij als het omliggende landschap. Zo te zien was het erg oud, maar keurig bijgehouden. Een rieten dak leunde op witte muren waarover klimop kronkelde. Door een perkje vol kiezelstenen, omringd door bomen, leidde een pad naar de voordeur.

'Laat mij het woord maar doen,' zei Markus Fort toen ze voor de deur stil bleven staan.

De anderen, die daarvoor juist de hele wandeling bang waren geweest, keken elkaar zwijgend aan.

Fort drukte op de bel, trok zijn T-shirt recht en zette zijn geleerdste gezicht op.

De deur ging open en een oudere man verscheen. Ze herkenden professor Swalm meteen van de foto's die ze hadden gezien. Hij keek hen nerveus aan. 'Kan ik u helpen?' vroeg hij aan Fort.

Op het allerlaatste moment besloot Robert dat hij toch maar beter zelf het woord kon voeren. 'Goedenavond professor Swalm,' zei hij snel, terwijl Fort met zijn mond half open bleef staan. 'Wij vroegen ons af of we u misschien een paar vragen mogen stellen over het gouden boek dat u gevonden hebt.'

De professor keek hen een voor een onderzoekend aan, besloot toen dat ze zijn tijd kwamen verspillen, en begon de deur weer dicht te doen. 'Sorry, veel te druk,' mompelde hij.

Tot zijn grote schrik stak Markus Fort opeens een voet tussen de deur.

'Luister, professor,' zei Fort terwijl hij zich samenzweerderig vooroverboog, 'ik begrijp best dat u niet zomaar ieder kind dat aan uw deur komt te woord wilt staan...'

'Daar gaat het niet om,' zei de professor terwijl hij verontwaardigd naar Forts voet keek, die nog steeds de deur blokkeerde. 'Ik heb al meer dan genoeg interviews afgelegd. Het boek vertrekt morgenvroeg naar het museum en ikzelf ga binnenkort een opgraving leiden in Bulgarije. Ik heb het veel te druk.' Hij duwde harder tegen de deur, maar Fort had voor hun vertrek zijn sandalen verwisseld voor een paar stevige schoenen.

'Als u zo vriendelijk zou willen zijn een paar vraagjes te beantwoorden aan een medewetenschapper...' ging Fort onverstoord verder.

'U bent ook wetenschapper?' vroeg professor Swalm verbaasd.

'Inderdaad,' zei Fort.

Robert en de anderen keken elkaar nerveus aan.

De professor bekeek hen opnieuw een voor een, besloot toen blijkbaar dat ze niet gevaarlijk waren, en deed de deur verder open. 'Vijf minuten dan,' zei hij.

Ze volgden hem het huis binnen, dat erg gezellig was ingericht. Hier en daar stonden dozen klaar voor het vertrek van de professor.

In de woonkamer lag een glazen kist op een tafel. Robert liep er nieuwsgierig op af, gevolgd door de anderen. Achter het glas lag het gouden boek zachtjes te glimmen in het avondlicht dat door de glazen achterdeur naar binnen scheen. Ze bekeken het aandachtig. Het was een dik boek en de band was van massief goud, versierd met glanzende edelstenen in allerlei kleuren.

Robert keek heel even op van het boek en zag dat professor Swalm hen nauwlettend in de gaten stond te houden. Hij had een vreemde blik in zijn ogen en het viel Robert op dat hij zelf niet dichterbij kwam. Robert keek weer naar het boek. Hij wist niet waarom, maar hij kon zijn ogen er bijna niet van afhouden. Het had een rare uitstraling, alsof het een levend wezen was dat hen zwijgend lag aan te kijken en ieder moment kon opspringen. Robert vermande zich. Onzin natuurlijk. Boeken waren geen levende wezens.

'Wat willen jullie precies weten?' vroeg professor Swalm uiteindelijk.

Ze trokken met moeite hun blikken weg van het gouden boek.

'We vroegen ons af of u ooit gehoord hebt van graaf Svartwolder,' zei Robert.

De professor keek hem even strak aan. Het leek wel alsof hij was geschrokken. Toen zuchtte hij. 'Ik ben wetenschapper, jongen. Ik heb geen tijd voor sprookjes.'

'Graaf Svartwolder is geen sprookje!' zei Robert. 'Zijn voorspelling stond in een muur gebeiteld, vlak boven de plek waar u het boek vond.'

'En vlak na uw vondst begon het te spoken in Zwartbaai!' zei Anne.

'Spoken?' De professor keek even op en neer van hen naar het gouden boek. 'Waar gaat dit over?'

Hij keek fronsend naar Markus Fort. 'Ik dacht dat u wetenschapper was?'

Fort opende zijn mond, aarzelde toen even en keek opeens

61

erg aandachtig naar een lege plek boven het hoofd van de professor. 'In zekere zin,' mompelde hij. 'Ik heb er niet echt voor geleerd, of zo... Ik verricht vooral onderzoek naar paranormale zaken.'

De professor keek hem sprakeloos aan. 'Paranormale zaken?' Zijn blik werd steeds nerveuzer, alsof hij opeens vreesde dat hij een stelletje gevaarlijke gekken had binnengelaten.

Robert moest aan die films denken waarin bankbedienden tijdens een overval stiekem op een knopje onder hun bureau drukten om alarm te slaan. Hopelijk had professor Swalm geen geheim alarmknopje.

De professor ging snel tussen Fort en het gouden boek staan, zijn blik vol afgrijzen op de vliegende schotel op Forts T-shirt gericht.

'Wij hebben reden om te geloven dat uw vondst van het gouden boek nauw verbonden is met een verontrustende toename in het aantal bovennatuurlijke verschijnselen in Zwartbaai,' zei Fort, die blijkbaar had besloten alle voorzichtigheid overboord te gooien en open kaart te spelen. 'Ik zou zelfs durven zeggen dat dit dorp afkoerst op de grootste interdimensionale scheur sinds New York, 1984.'

De professor stond nu met zijn armen gespreid voor de glazen kist. Zo te zien verwachtte hij ieder moment een aanval af te moeten weren van de waanzinnige die voor hem stond.

Robert besloot dat hij maar beter zo snel mogelijk kon ingrijpen.

Maar voor hij iets kon zeggen, zei Fort: 'Zoals u misschien weet is Zwartbaai altijd al een verzamelpunt van paranormale krachten geweest. Ik vermoed dat dit iets te maken heeft met de buitenaardse wezens in de gemeenteraad.'

De anderen konden wel door de grond zakken.

Fort, die de geschokte blikken om hem heen voor onbegrip aanzag, praatte rustig verder. 'Ik ben er vrijwel zeker van dat weerwolven hoge posities bekleden in de gemeenteraad en dat zowel de burgemeester als zijn assistenten eigenlijk buitenaardse wezens zijn.'

Robert vroeg zich af waar Fort deze onzin vandaan haalde, maar maakte zich vooral zorgen om de reactie van professor Swalm.

Die trok wit weg en zijn handen begonnen te beven. 'Wegwezen,' zei hij zachtjes.

'Maar professor...' begon Fort.

'Eruit!' gilde de professor met overslaande stem.

'Goed gedaan, Markus,' zei Eddie, terwijl de professor hen in de richting van de voordeur dreef.

Een paar seconden later stonden ze buiten in de tuin en had de professor de deur met een klap achter hen dichtgegooid.

'Nou, dat ging niet eens zo slecht,' zei Eddie. 'Hij had ook de politie kunnen bellen of een jachtgeweer tevoorschijn kunnen halen.'

Vanuit de woning hoorden ze hoe de professor de deur vergrendelde.

'En dat noemt zich wetenschapper,' zei Fort minachtend. 'Een echte wetenschapper zou een open geest moeten hebben.'

Robert zuchtte. 'Laten we maar gaan,' zei hij, 'voor hij alsnog de politie belt.'

Door de weilanden liepen ze terug naar het dorp. De zon begon al onder te gaan. Het was een warme avond en hoewel ze nog steeds boos waren op zowel Fort als de professor, genoten ze van het weer en van de bijna bedwelmende geur van de bloemen langs de weg.

'We weten nu eigenlijk nog steeds niets,' zei Linda.

Robert, die naast haar liep, schudde zijn hoofd. 'Nee, maar toch...' Hij keek schuchter opzij. 'Voelde jij ook iets raars toen je naar dat boek keek?'

Linda dacht even na. Toen knikte ze. 'Nou je het zegt... het leek alsof ik...' Ze zocht even naar de juiste woorden. 'Alsof ik naar iets levends keek.'

'Alsof je naar een heel lui beest in de dierentuin keek,' zei Eddie achter hen.

'Er is hier iets vreemds aan de hand,' zei Robert, 'en ik ben er steeds zekerder van dat het gouden boek er iets mee te maken heeft.'

'Pas op!' riep Anne opeens.

Een auto kwam hun met een razende vaart tegemoet gereden en ze konden nog maar net opzij springen toen de wagen hen zonder af te remmen voorbij scheurde.

'Wegpiraat!' riep Anne de auto na.

Eddie zocht even naar een geschikte steen om te gooien, kon er geen vinden en spuugde toen maar een keer in de richting waarin de auto was verdwenen.

Robert stond zwijgend naar de weg te kijken, waar nu alleen nog maar een stofwolk te zien was. Hij was geschrokken, en niet alleen van de snelheid van de auto. Om een of andere reden liepen de rillingen hem over de rug.

'Zagen jullie dat ook?' vroeg hij.

'Wat?' vroeg Eddie.

'Die wagen zat vol met in het zwart geklede figuren,' zei Robert. 'Dat is al de zoveelste keer dat ik ze zie vandaag.'

'Nou, en?' mompelde Eddie.

'En ze rijden recht op het huis van de professor af,' zei Robert.

'Dan zullen ze vast net zo vriendelijk behandeld worden als wij,' zei Eddie. Hij keek naar Anne en Linda. 'Hebben jullie ook honger? Laten we wat gaan eten in de Burgerprins.'

'De Burgerprins?' Anne schudde haar hoofd. 'Niets ervan! Vandaag gaan we gezond eten.'

De anderen liepen verder, maar Robert bleef stilstaan. 'Ik ga terug,' zei hij.

Linda keek verbaasd om. 'Waarom?'

'Er is iets mis,' zei Robert. 'Ik weet niet wat, maar ik heb een raar voorgevoel.'

'Begin jij nou ook al?' vroeg Eddie. 'Ik dacht dat Anne degene met de voorgevoelens was.'

Anne kwam op Robert afgelopen en legde haar hand op zijn voorhoofd. Ze rook naar parfum en zomerbloemen. 'Misschien heb jij ook de gave,' zei ze zachtjes. Ze wreef over zijn voorhoofd. 'Ja, ik voel iets...' zei ze met een zweverige stem. 'Jouw geest zit op één lijn met bovennatuurlijke machten...'

'Onzin,' zei Robert snel. Hij duwde haar hand weg en begon in de richting van het huis van de professor te lopen. 'Het is gewoon een voorgevoel.' Hij wist niet zo goed waarom, maar hij vond het een eng idee dat zijn geest misschien op één lijn zat met bovennatuurlijke machten. Spoken onderzoeken was één ding, ze toelaten in je hoofd was heel wat anders.

Anne en Linda liepen achter hem aan. Alleen Markus Fort en Eddie stonden nog steeds stil op de weg en keken hen twijfelend na.

'Jongens, mijn maag begint zichzelf op te eten!' riep Eddie.

Fort legde een hand op zijn schouder. 'Ga maar met mij mee,' zei hij. 'Ik heb vanavond een etentje met de leden van de *Star Adventures*-fanclub. We gaan het hebben over een nieuwe reeks speelgoedruimteschepen die binnenkort verschij...'

'Wacht op mij!' riep Eddie en hij rende achter de anderen aan.

Fort bleef hem even beledigd nakijken, draaide zich toen om, veranderde van gedachten en liep mompelend achter hen aan.

Toen ze weer bij het huis van professor Swalm aankwamen, was de zon juist ondergegaan. Het was meteen duidelijk dat Robert zich niet had vergist. Er was iets heel erg mis. In het omringende platteland schemerde het nog, maar het leek wel

65

alsof het in de tuin rond het huis al midden in de nacht was. Alsof het hele gebouw gevangenzat in een wolk van duisternis.

'Wat zullen we nou krijgen?' mompelde Eddie verbaasd.

De anderen bleven zwijgend vanaf de weg naar het donkere huis kijken. Ze durfden niet zo goed de tuin in te lopen.

'De voordeur staat open,' zei Robert aarzelend.

'Denk je dat we naar binnen moeten gaan?' vroeg Anne. Aan haar stem te horen had ze eigenlijk niet zo veel zin.

Achter hen klonk gepuf en gehijg. Ze keken om en zagen Markus Fort zwetend op hen af komen lopen. 'Wat lopen jullie snel, zeg. Ik...'

Toen keek hij naar het huis en zijn mond viel open van verbazing.

'Heb jij zoiets ooit eerder gezien?' vroeg Robert.

Fort schudde zijn hoofd. Hij keek even op en neer tussen de lichte schemering achter hen en de pikzwarte duisternis vlak voor hen.

'Ik voel iets in de lucht hangen...' zei Anne zachtjes. 'Duistere krachten... Het is hier niet pluis.'

'Goh, zou je denken?' vroeg Eddie. Hij stapte naar voren en liep de tuin in, aarzelend gevolgd door de anderen.

Zo gauw ze de tuin betraden, sloot de duisternis zich als een kille deken om hen heen. Het was ook veel kouder dan het op de weg was geweest. Maar wat misschien nog vreemder was, was de stilte. Een paar seconden geleden hadden ze talloze vogels hun avondconcert horen fluiten. Nu was het opeens volledig stil. Het was een vreemde, gespannen stilte, waarin hun eigen adem onnatuurlijk hard klonk en hun hartslagen door de tuin leken te galmen.

Robert had het vreemde gevoel dat hij een oude foto was binnengestapt, alsof de wereld tot stilstand was gekomen.

'Zullen we naar binnen gaan?' fluisterde hij.

De anderen knikten en voorzichtig liepen ze op de open voordeur af. Op de drempel aarzelden ze even. Het leek wel alsof de duisternis binnen nog veel intenser was. Alles was rustig in het huis. Veel te rustig. Toen liepen ze verder, Robert voorop. Ze hadden het gevoel dat iets slechts op hen wachtte in het huis, maar hun nieuwsgierigheid won het van hun angst.

Robert keek over zijn schouder om te kijken of de voordeur nog steeds openstond. Als er hier echt iets op hen wachtte, zouden ze misschien een vluchtweg nodig hebben.

De vreemde spanning die ze voelden, werd steeds sterker naarmate ze verder het huis in liepen.

'Dicht bij elkaar blijven,' fluisterde Robert. 'Als er iets gebeurt, vluchten we door de voordeur.'

De anderen knikten, hun gezichten weinig meer dan grijze vlekken in de duisternis.

Langzaam slopen ze door de gang in de richting van de huiskamer, waar ze zo kort geleden nog met de professor hadden gesproken.

'Ik wou...' fluisterde Robert, maar het was zo stil dat hij zijn zin niet afmaakte. Als er binnen iets of iemand op hen wachtte, zou hij Roberts stem vast horen. Hij had willen zeggen dat hij wou dat hij een zaklamp bij zich had, hoewel die waarschijnlijk toch weinig zou helpen in deze onnatuurlijke duisternis. Op een tafeltje in de gang zag hij een lamp branden, maar het licht reikte niet verder dan een paar centimeter van de lamp.

Bij de deur naar de huiskamer bleef Robert even staan. Hij haalde diep adem en keek de anderen vragend aan.

Een voor een knikten ze.

Robert nam de klink in zijn hand en opende voorzichtig de deur, klaar om ervandoor te gaan bij het eerste teken van gevaar.

Toen ze de huiskamer binnenstapten, werd de stilte zo intens dat het leek alsof ieder geluid dat ze maakten opgezogen werd. Op een rare manier was de stilte oorverdovend. Er was geen monster te zien dat op hen wachtte, maar ze bleven het gevoel hebben dat er iets samen met hen in de kamer was. Een oud iets, slecht en gevaarlijk.

'Kijk daar!' zei Anne geschrokken. Haar stem was nauwelijks harder dan een lichte ademhaling. Ze wees naar de tafel waarop het gouden boek had gelegen.

Met moeite tuurden ze door de duisternis en zagen dat de glazen kist kapot was geslagen. De vloer rond de tafel was bezaaid met scherven.

Het boek was weg.

'Wat... wat is dat?' fluisterde Linda. Ze wees met een bevende vinger naar een vreemd voorwerp dat op de tafel lag, vlak naast de kapotgeslagen kist.

Het was een hand waarin een brandende kaars was geklemd.

De rillingen liepen hun over de rug toen ze voorzichtig naar het ding toe liepen om het beter te bekijken. De hand was nauwelijks menselijk te noemen. Hij was grijsbruin en verschrompeld. Magere vingers, weinig meer dan met dode huid bedekte botten, omklemden de gelige kaars. Vanuit de vlam kringelde dikke zwarte rook omhoog, die blijkbaar de duisternis in en rond het huis veroorzaakte. Zo te zien was dit het voorwerp dat het kwaad uitstraalde dat ze hadden gevoeld.

'Wat is dat voor een ding?' vroeg Anne huiverend.

Robert haalde zijn schouders op. Ook de anderen hadden geen flauw idee.

'Een dode hand,' zei Markus Fort opeens. Hij stond in de deuropening met open mond naar het gruwelijke voorwerp te staren. 'De gedroogde hand van een gehangene,' legde hij uit. Hij kwam dichterbij en keek vol ontzag naar de hand. 'Volgens de verhalen zouden deze dingen vroeger door heksen en dieven worden gebruikt.'

'Waarvoor?' vroeg Eddie. Net als de anderen kon hij zijn blik niet van de dode hand afwenden.

Fort gebaarde om zich heen. 'Om een huis in slaap te krijgen,' zei hij, 'zodat de dieven of heksen ongestoord hun gang konden gaan. De dode hand werd ook wel "dievenlicht" genoemd. Volgens oude volksverhalen zou iedereen in een huis in slaap vallen als je een kaars in de dode hand liet branden. Een kaars gemaakt van menselijk vet.'

Linda en Eddie, die het dichtst bij de dode hand hadden gestaan, namen snel een stap terug. Anne haalde haar parfumflesje uit haar handtas en spoot naar de kaars.

'Maar waarom vallen wij dan niet in slaap?' vroeg Robert.

'Alleen de bewoners van het huis vallen in slaap,' zei Fort. 'Tenminste, dat neem ik aan. Anders zouden de dieven zelf ook in slaap vallen, en dat lijkt me niet erg handig.'

'Waar is de professor?' vroeg Linda opeens.

Ze keken zoekend rond.

'Daar!' riep Eddie. Hij wees naar twee benen die achter de bank uitstaken. Ze liepen er snel op af en zagen professor Swalm languit op de vloer liggen.

'Is hij dood?' vroeg Eddie, terwijl Robert en Fort bij hem neerknielden.

Robert keek even gespannen naar de professor. Toen zag hij zijn buik op en neer bewegen. 'Nee,' zei hij. 'Hij slaapt.'

'Hij blijft slapen zolang de kaars brandt,' zei Fort.

'De professor is toch niet de bewoner van dit huis?' vroeg Anne. 'Hij huurt het toch alleen maar?'

Fort wreef even peinzend over de stoppels op zijn kin. 'Ik denk dat huurders ook gelden als bewoners,' mompelde hij.

'Ja,' zei Robert, 'want mensen die in een huurhuis wonen, ontvangen ook gewoon hun post, dus is het ook hun adres.'

69

'Wat heeft dit nou weer met die dode hand te maken?' vroeg Eddie.

Fort keek hem streng aan. 'In een onderzoek is het belangrijk om alle feiten vast te stellen. Stel dat het huurcontract van professor Swalm gisteren zou zijn verlopen. Dan zou de dode hand misschien niet meer gewerkt hebben, omdat hij niet meer de bewoner zou zijn.' Hij keek enthousiast naar de hand op de tafel. 'Waaruit we dus kunnen concluderen dat zwarte magie huurcontracten respecteert. Ik kan niet wachten om daar een artikel over te schrijven!'

'En hoe zit het dan met logés?' vroeg Anne. 'Wat als de professor gasten had gehad? Zouden die wel of niet...'

'Genoeg over die onzin!' zei Eddie. 'Zolang jullie door blijven gaan met dit soort slap geklets, blijft die professor daar maar liggen.'

Hij keek om zich heen. 'En het is mij hier veel te donker. Die stomme hand werkt op mijn zenuwen.'

Hij liep naar de dode hand en kneep de vlam fijn tussen zijn duim en wijsvinger.

'Au!' gilde hij, en hij trok met een ruk zijn hand terug. 'Dat kreng gaat niet uit!'

'Even denken...' mompelde Fort. Hij stond op en wandelde langzaam op de kaars af, die onverstoord bleef branden. 'Het is alweer een tijdje geleden dat ik me met de dode hand heb beziggehouden. Ik heb een volksverhaal beschreven in mijn boek *Verhalen uit het platteland rond Zwartbaai*. Over een roversbende die een onheilige eed aflegde op hun dode hand en daarna...'

'Heel interessant,' zei Eddie, 'maar kun je je ook nog herinneren hoe dat rotding uit moet?' Hij stond met zijn verbrande vinger in de mond toe te kijken hoe Linda vergeefs probeerde de kaars uit te blazen.

Anne was naar de keuken gelopen en kwam terug met een glas water.

70

'Hier, dit zal wel lukken,' zei ze, en ze smeet het water over de kaars.

Die sputterde niet eens, maar bleef rustig doorbranden.

'Melk!' zei Fort opeens.

'Melk?' vroeg Robert verbaasd.

'Ik herinner het me weer!' zei Fort. 'De kaars in de dode hand is alleen te doven door er melk overheen te gieten.'

Robert en Anne liepen snel naar de keuken en kwamen terug met een pak melk.

'Volgens mij is hij niet al te vers meer,' zei Anne met een frons. 'Wat een sloddervos, die professor.'

'Vers of niet, hier gaat-ie,' zei Robert, en hij goot de inhoud van het pak met klonters en al over de kaars. De vlam ging meteen uit.

Alsof de zon met een ongelooflijke snelheid opkwam, loste de duisternis om hen heen op en verdween in het niets. Schemerlicht, warmte en het gefluit van vogels kwamen door de open achterdeur de huiskamer binnen.

Vanachter de bank klonk een uitgerekte geeuw. Professor Swalm krabbelde overeind en keek met grote angstogen om zich heen. 'Wat... wat doe ik hier?' mompelde hij.

Robert liep snel op hem af. 'Professor Swalm? Gaat het?'

De professor ging rechtop zitten en keek hem verbaasd aan. Toen gleden zijn ogen door de kamer en bleven rusten op de gebroken glazen kist.

Robert volgde zijn blik en begon nattigheid te voelen. 'Eh... luister...' begon hij, 'wij... eh...'

De professor sprong overeind en keek met grote ogen naar zijn onwelkome gasten. 'Waar is het boek?' vroeg hij schor.

'Dat is gestolen,' zei Robert, 'maar wij...'

Voor hij de kans kreeg om uit te leggen wat er was gebeurd, onderbrak Fort hem. 'Luister, professor,' zei hij, 'ik heb ernstige vermoedens dat u zojuist bent beroofd door een geheime organisatie die gebruikmaakt van tovenarij. Misschien zelfs door een groep heksen.'

De professor keek hem even niet-begrijpend aan en draaide zijn hoofd weer naar de tafel. Toen pas zag hij de dode hand. 'Wat...?' begon hij zachtjes. Hij liep voorzichtig naar het met zure melk doordrenkte voorwerp. 'Is dat wat ik denk dat het is?' vroeg hij met bevende stem.

'Een afgehakte hand,' zei Eddie. 'Zwarte magie. Maar maak je maar geen zorgen, hoor. We hebben hem gedoofd. Met melk.'

De professor keek hen angstig aan. Toen draaide hij zich met een ruk om en rende door de openstaande achterdeur de tuin in. Hij haalde een telefoon uit zijn binnenzak en toetste een nummer in.

'Hallo, politie?' riep hij met overslaande stem. 'Jullie moeten direct komen! Een bende gekken is mijn huis binnengedrongen en heeft een uiterst waardevolle kunstschat gestolen!' Hij draaide zich om en wees naar Robert en de anderen, die vanuit de open deur naar hem stonden te kijken. 'Wees alsjeblieft snel! De dieven zijn nog hier!'

Hoofdstuk 8

Opsporing verzocht

Robert en de anderen renden hijgend door de donkere weilanden tussen Zwartbaai en het huis van professor Swalm. Ze hadden geprobeerd hem ervan te overtuigen dat ze niets met de diefstal te maken hadden, maar hij wilde hen niet geloven. Uiteindelijk hadden ze maar twee keuzes gehad: opgepakt worden door de politie of het op een lopen zetten. De tweede keuze had hun op dat moment de beste geleken, want de politie zou hun verhaal over de dode hand en de onnatuurlijke duisternis nooit geloven.

Robert begon buiten adem te raken en had een flinke steek in zijn zij. Eddie, Linda en Anne renden voor hem uit, duidelijk in betere conditie dan hij. Achter zich hoorde hij Markus Fort zuchten en puffen. Toen hij opeens een harde plof hoorde, gevolgd door een zacht gejammer, keek hij om.

Fort was met zijn gezicht voorover in het gras gevallen en stil blijven liggen.

Robert bleef stilstaan, draaide zich om en liep terug. Hij had toch niet veel verder kunnen rennen. Het leek wel alsof zijn hart uit zijn borstkas probeerde te breken en hij begon misselijk te worden.

'Kom Markus, we moeten een schuilplaats zoeken,' hijgde hij terwijl hij zich uitgeput op zijn knieën in het gras liet vallen.

'Laat mij hier maar achter,' klonk Forts gedempte stem vanuit het hoge gras. 'Ik ben verloren... Ik hou jullie alleen maar op.'

'Klopt,' zei Eddie, die terug kwam lopen, gevolgd door Anne en Linda.

Robert keek om zich heen. Het was donker en alles was rustig. De weilanden waren verlaten. Ze hadden besloten om de weg naar het dorp te vermijden, omdat de politie die misschien in de gaten zou houden.

Anne zakte naast Robert neer in het gras. Ze zag er zo bezorgd uit dat ze zich blijkbaar niet eens druk maakte om mogelijke grasvlekken op haar jurk.

'We hebben geen tijd om uit te rusten,' zei Eddie. Hij klapte in zijn handen. 'Hup, opstaan en rennen!'

'Waar wil je dan zo snel heen?' zuchtte Robert.

'Naar onze tenten, natuurlijk,' zei Eddie.

'Dat is de eerste plek waar ze zullen zoeken,' zei Linda. 'Het is niet zo moeilijk voor de politie om uit te vinden waar we kamperen.'

'Linda heeft gelijk,' zei Robert. 'We kunnen niet terug naar de tenten.'

'Maar...' stamelde Anne, 'al mijn kleren liggen in de tent. En mijn make-up!'

'Dan zul je het een tijdje zonder make-up moeten doen,' grinnikte Eddie opgewekt. 'En je hebt toch al kleren aan?' Het leek wel alsof hij de tijd van zijn leven had.

Anne sprong snel overeind en begon het gras van haar jurk te vegen.

'We hebben een schuilplaats nodig,' zei Robert, terwijl de anderen om hem heen kwamen zitten. Alleen Anne bleef staan, moeizaam proberend over haar schouder te kijken, op zoek naar eventuele grasvlekken.

'Ik ga onderduiken bij een vriend van me,' hijgde Fort terwijl hij moeizaam overeind kroop. Zelfs in het donker konden ze zien dat zijn gezicht knalrood was.

'Heeft hij ook plaats voor ons?' vroeg Linda.

Fort schudde zijn hoofd. 'Nee, sorry. Hij heeft een ondergrondse schuilkelder in zijn huis gebouwd, bekleed met aluminiumfolie, voor de dag waarop buitenaardse wezens de aarde aanvallen. Het is een eenpersoonskeldertje.'

'Niet erg, hoor,' zei Eddie. 'Die maat van je klinkt toch niet bepaald als een type waar ik al te lang bij zou willen logeren.'

Fort keek hem nors aan. 'Hij is een prima onderzoeker, hoor. Je zou in zijn handen net zo veilig zijn als in de mijne.'

'Dat bedoel ik,' zei Eddie.

'Weet je misschien een andere schuilplaats hier in de buurt?' vroeg Robert.

Fort dacht even na. 'Jullie zouden de grotten kunnen proberen,' zei hij.

'Welke grotten?'

'Aan de voet van de Westklif zijn een paar grotten in de rotswand, uitkijkend over de zee,' zei Fort. 'Ze zijn alleen bereikbaar als het eb is. Tijdens de vloed staat het water tot aan de rand.'

'Is het daar veilig?' vroeg Linda.

Fort haalde zijn schouders op. 'Volgens een kennis van me zou een van die grotten de schuilplaats zijn van een groep vampiers, maar dat is niet waar.'

'Gelukkig,' zei Robert, opgelucht dat Fort niet álles geloofde wat hem werd verteld.

'Die vampiers zijn al jaren geleden vertrokken,' zei Fort. 'Volgens mij wonen ze tegenwoordig ergens in het noorden. Langere nachten, zie je.'

'Natuurlijk,' knikte Eddie met een serieuze blik.

Toen Fort en Robert genoeg hadden gerust, zetten ze hun tocht voort. Al snel zagen ze beneden zich in de vallei de lichten van Zwartbaai. De maan kwam zojuist op achter de abdijruïne. Robert trok de kraag van zijn jas wat verder omhoog. Het leek erop dat het een frisse nacht zou worden. Een kille zeebries waaide door hun haren.

'Hier moeten we afscheid nemen,' zei Fort. Hij wees naar

de ruïne. 'Houd rechts van de abdij aan, op veilige afstand van het dorp. Aan de rand van de klif, zo'n driehonderd meter van de ruïne, begint een pad dat langs de helling naar beneden kronkelt. Het is gemakkelijk te herkennen aan de oude eik bij het begin van het pad. De Galgeneik.'

'De Galgeneik?' vroeg Robert. 'Vreemde naam.'

Fort knikte. 'Daar werden vroeger misdadigers opgehangen.'

'Dus met een beetje geluk kunnen we daar nog een spook zien ook,' grijnsde Eddie. 'Dat zou tijd worden. Ik begon al jaloers te worden op Robert met zijn spookmonniken.'

'Aan het eind van het pad moeten jullie het strand in de richting van het dorp volgen, als het tenminste eb is,' zei Fort. 'Dan zullen jullie uiteindelijk bij de grotten terechtkomen.' Hij keek nerveus om zich heen. 'Veel geluk,' zei hij. 'Moge de macht der sterren jullie ondersteunen.' Toen draaide hij zich om en verdween in de duisternis.

'Moge de wat?' vroeg Linda. 'Waar heeft hij het over?'

'*Star Adventures*,' grinnikte Eddie. 'Een spreuk uit die sciencefictionserie van hem.'

Zwijgend volgden ze de route die Fort hun had gewezen. Toen ze, zonder een spook te hebben gezien, de Galgeneik waren gepasseerd en het kronkelende pad naar beneden hadden genomen, bleek het gelukkig eb te zijn, zodat ze tussen de met zeewier bedekte rotsen op het strand op zoek konden gaan naar de grotten.

'Wat is het hier donker,' hoorde Robert Anne vlak naast hem fluisteren. 'Als een politieman een meter van ons vandaan zou staan, zouden we hem niet eens zien.'

'Politiemannen hebben zaklampen,' zei Eddie. 'En waarom zouden hier politiemannen staan? Volgens mij zijn we hier zo veilig als een... een... nou ja, als een of ander veilig ding.'

Het geruis van de zee klonk hier onder aan de kliffen veel

harder dan op hun kampeerterrein bij de abdij en het rook naar zout en zeewier. Het was een oude en om een of andere reden zelfs een beetje enge geur. Golven spoelden af en toe schuimend over hun voeten en het water maakte kolkende geluiden tussen de rotsen. Het zou niet lang meer duren voor het vloed zou worden en de zee het terrein terug zou nemen dat ze zo kort geleden nog had moeten opgeven. Ze moesten haast maken, maar dat was gemakkelijker gezegd dan gedaan. De rotsen waren glibberig, met hier en daar scherpe randen, en het was erg donker. Vooral Anne had het moeilijk op haar hoge hakken. Met gespannen blikken tuurden ze naar de rotswand, in de hoop zo snel mogelijk een grot te zien.

Toen de golven over hun enkels begonnen te spoelen en hun schoenen zich met koud water vulden, meende Robert opeens een donkere vlek in de rotswand te zien. Hij kneep zijn ogen samen. Het was zo donker dat hij amper een meter voor zich uit kon kijken, maar het leek erop dat hij het goed had gezien. 'Daar!' riep hij. 'Een grot!' Hij klauterde op een groot rotsblok, gevolgd door de anderen.

'Gelukkig!' hoorde hij Eddie mompelen in de duisternis. 'Nog even en we hadden moeten zwemmen!'

Al snel stapten ze vanaf de rots een grot binnen die uitkeek over de donkere zee. Bij iedere stap die ze zetten, maakten hun schoenen een soppend geluid.

Toen ze uitgeput neerploften op de koude, maar droge bodem, begon het buiten te regenen. In de verte hoorden ze het eerste gerommel van een naderende onweersbui. Even lagen ze zwijgend uit te puffen. Ze konden geen hand voor ogen zien.

Toen begon Eddie overeind te krabbelen en zijn zakken te doorzoeken. 'Ik heb een aansteker,' zei hij, terwijl hij zijn vondst aanknipte. 'Wat hebben jullie?'

Robert begon ook te zoeken, hopend dat hij iets bij zich had dat ze konden gebruiken om een vuurtje te maken. Hij haalde een ansichtkaart uit zijn binnenzak. Het was de pikzwarte kaart met *Nachtleven in Zwartbaai* erop, die hij naar zijn moeder had willen sturen. Hij moest bijna lachen. 'Ik heb een kaart,' zei hij.

'Dat zal niet lang branden,' zei Eddie, 'maar alle beetjes helpen. Gooi hem maar op de stapel.'

Allemaal begonnen ze nu hun zakken te doorzoeken en even later lag er een stapel papieren zakdoekjes, boodschappenbriefjes, kassabonnen en zo'n beetje alles wat iemand maar in zijn zakken kon hebben.

Eddie hield zijn aansteker bij de stapel en al snel begon het vreemde kampvuur te branden. Nu konden ze eindelijk rondkijken in de grot. Erg groot was hij niet, maar hij was in ieder geval droog en beschut. Ze konden tenminste even veilig rusten.

'Kijk, daar,' zei Eddie. Hij wees naar een hoek waar een stapel half verschroeide takken lag. 'Kampvuurmateriaal,' zei hij tevreden. 'We hoeven het voorlopig niet koud te hebben.'

'Deze grot wordt dus wel eens door iemand gebruikt,' zei Linda.

Eddie grinnikte. 'Misschien wel door Forts vampiers.'

Terwijl Eddie samen met Linda hout op het vuur begon te gooien, zat Robert zwijgend naar hen te kijken. Hij voelde zich vreemd. Ze zaten tot over hun nek in de problemen, maar toch was hij niet overstuur. Hij durfde het niet toe te geven, zelfs niet tegenover zichzelf, maar hij voelde zich eigenlijk best goed. Bang, maar tegelijkertijd springlevend en vol energie. Misschien was hij toch een stuk avontuurlijker aangelegd dan hij altijd had gedacht...

Het hielp ook dat hij zich hier, in deze kille grot, nauwer dan ooit verbonden voelde met een paar leeftijdgenoten. Dat was nieuw voor hem. Hij leefde meestal in zijn eigen wereldje en maakte niet zo gemakkelijk vrienden. Hij had eigenlijk nooit het gevoel gehad dat hij iets miste, maar nu begon hij voor het eerst in zijn leven te begrijpen hoe het kon zijn om goede vrienden te hebben. Waarom waren Eddie, Linda en Anne met leden van de *Raadseljacht*-site op vakantie gegaan in plaats van met hun eigen vrienden? Het antwoord was simpel: ze waren alle drie net zo eenzaam als Robert. En ze mochten nu dan wel in de problemen zitten, ze zaten er tenminste sámen in.

Hij keek naar buiten, waar niets te zien was dan inktzwarte duisternis. Het begon harder te regenen, zodat het geruis van de zee verdrongen werd door het geluid van de regendruppels op de rotsen.

De anderen kwamen zo dicht mogelijk om het vuur zitten en begonnen hun handen warm te wrijven.

'Nou,' zei Eddie, 'vergadertijd.'

'Heb je enig idee wat we nu moeten doen?' vroeg Anne aan Robert.

Robert dacht even na. Ze zagen hem blijkbaar nog steeds als hun leider, maar zo voelde hij zich eigenlijk niet. 'Geen flauw idee,' zuchtte hij.

'Ik stel voor dat we om de beurt op wacht gaan staan,' zei Eddie.

'Op wacht?' vroeg Linda. 'Waar?'

'Buiten natuurlijk,' zuchtte Eddie. 'Je kunt droog staan onder die rotspunt vlak boven de grot.'

'Waarom? Er is maar één uitgang. Als iemand de grot vindt, zitten we toch in de val.'

'Het is beter dan niets doen,' zei Anne, die sinds ze de grot hadden gevonden nog geen woord had gezegd. Ze stond op en trok haar jurk recht. 'Ik ga wel eerst.'

Eddie keek haar goedkeurend na terwijl ze de grot uitliep. 'Dat valt me weer mee van mejuffrouw Anne.'

Linda haalde haar schouders op. 'Volgens mij was ze bang dat we weer gingen kibbelen.'

Eddie keek haar verbaasd aan. 'Hoezo? Zij is zelf degene die telkens begint met kibbelen.'

'Geloof me nou maar, vrouwen onder elkaar voelen dat aan,' zei Linda. 'Anne zit op het randje. Als we ruzie waren gaan maken, was ze helemaal hysterisch geworden.'

Eddie fronste even en staarde toen zwijgend in het vuur.

'En nu?' vroeg Linda aan Robert, die diep na zat te denken.

'Ik denk dat we ons nu af moeten vragen hoe ver we willen gaan,' zei Robert zachtjes.

'Wat bedoel je?' vroeg Linda.

'Ik bedoel dat we er niet op hadden gerekend in een avontuur als dit terecht te komen. We zouden eigenlijk spookplekken bezoeken. De spooktap bekijken en zo.' Hij schudde zijn hoofd. 'Misschien kunnen we ons beter aangeven,' zei hij aarzelend. Erg overtuigend klonk hij niet.

'En het gouden boek dan?' vroeg Linda.

'Dat is niet onze verantwoordelijkheid,' zei Robert. 'De politie kan op zoek gaan als ze erachter zijn gekomen dat wij het niet hebben.'

'Maar hoe moeten we dat bewijzen?' vroeg Linda.

Eddie grinnikte. 'Misschien kunnen we Markus Fort de schuld geven. Die is toch onvindbaar in zijn schuilkelder.'

Robert glimlachte.

Even zaten ze zwijgend rond het vuur.

Toen keek Linda vastbesloten op. 'Ik wil dit afmaken,' zei ze. 'Waarom we dit avontuur zijn ingerold weet ik niet, maar ik denk niet dat ik met mezelf zou kunnen leven als ik het nu zou opgeven.'

Robert keek haar aan en knikte goedkeurend. Hij dacht er precies hetzelfde over. Toen keek hij naar Eddie.

Die lachte. 'Ik heb drie ooms die in de gevangenis hebben

80

gezeten,' zei hij, 'en volgens hun verhalen was dat geen lolletje. Mij zullen ze niet te pakken krijgen.' Hij deed alsof zijn hand een pistool was. 'Desperado's zijn we. Twee gevaarlijke bandieten op de vlucht voor de wet.' Hij maakte een schietbeweging. 'Pang!'

'Dríé gevaarlijke bandieten,' zei Robert.

Eddie gaf hem een schouderklop. 'Goed zo,' lachte hij. 'Ik wist wel dat ik een echte kerel van jou kon maken!'

Linda wees naar de ingang van de grot. 'Moeten we Anne niet vragen hoe zij erover denkt?'

'Straks,' mompelde Eddie terwijl hij een pak chocoladekoekjes uit zijn binnenzak viste. 'Ik geniet veel te veel van de rust.' Hij scheurde de verpakking open en gooide de anderen elk een paar koekjes toe. Ze waren klef en half gesmolten, maar ze hadden zo'n honger dat het een waar feestmaal leek.

'Veel is het niet,' zuchtte Eddie met een blik op het koekje in zijn hand, 'maar misschien kunnen we straks een bank overvallen en daarna inkopen doen? Ik bedoel, we staan nu toch al aan de verkeerde kant van de wet.' Hij grijnsde en Robert vroeg zich heel even af of hij wel een grapje maakte.

'We staan niet aan de verkeerde kant van de wet,' zei hij. 'We moeten gewoon dit misverstand oplossen.'

'Ik ga er ook even een paar aan Anne geven,' zei Linda. Ze graaide een paar koekjes uit de verpakking in Eddies hand en stond op. 'Dan kan ik meteen vragen of ze zich bij onze bende wil aansluiten of zich liever bij de politie wil aangeven.'

Ze liep op de uitgang van de grot af, maar bleef verstijfd stilstaan toen buiten opeens een gil klonk. Robert en Eddie sprongen geschrokken op.

Anne kwam de grot binnengerend, zwaaiend met haar armen en angstig over haar schouder kijkend. Ze botste tegen Linda op en begon opnieuw te gillen.

'Rustig maar!' zei Linda. 'Ik ben het!'

Even keek Anne haar met grote ogen aan. Toen keek ze weer over haar schouder.

Eddie en Robert volgden haar blik, maar konden niets zien in de duisternis buiten de grot.

'Wat is er?' vroeg Linda.

'Een enge, oude man!' snikte Anne. 'Hij is... hij is gerimpeld! En hij gebruikt geen deodorant!'

Ze dook weg achter Eddies rug, die haar stond aan te kijken alsof ze helemaal gek was geworden.

'En hij draagt een jurk!' gilde ze.

'Een oude vent in een jurk?' zei Eddie. 'Ja, daar zou ik ook bang van zijn.'

Robert liep voorzichtig op de uitgang van de grot af. Hij had geen flauw idee waar Anne het over had, maar het was duidelijk dat ze echt bang was. Toen deinsde hij opeens terug.

Een donkere gedaante kwam de hoek om gelopen en bleef zwijgend in de opening staan. Donder galmde over de zee en een bliksemflits verlichtte heel even de roerloze gestalte die naar hen stond te kijken.

Robert voelde een rilling over zijn rug lopen. Hij kende de gedaante.

Het was de vreemde monnik die hij al een paar keer eerder had gezien.

Het spook.

Hoofdstuk 9

De Orde van het Gouden Boek

Angstig keken ze naar de vreemde gestalte die zwijgend in de opening van de grot stond. Hij was gekleed in een lange, ouderwetse pij zoals monniken die droegen, doordrenkt met regenwater. Zijn gezicht was verborgen in de diepe schaduwen onder zijn kap. Heel even was Robert bang dat die kap achterover gegooid zou worden om een doodshoofd te onthullen.

Niemand sprak. Het enige geluid was het knapperen van het vuur en het ruisen van de regen en de zee buiten de grot.

Toen bewoog de monnik langzaam een lange, magere hand naar zijn hoofd en begon de kap weg te trekken. Robert hield zijn adem in van spanning... Maar het gezicht dat tevoorschijn kwam, zag er niet erg spookachtig uit. De man was zo kaal als een biljartbal, met dikke, borstelige wenkbrauwen. Boven een grote haakneus keken twee heldere ogen hen aan. Anne had gelijk gehad: de man was oud, want zijn gezicht zat vol diepe rimpels.

Robert, die nog steeds niet helemaal zeker wist of er een mens of een geest voor hen stond, sprak hun vreemde bezoeker aan. 'W-wat komt u hier doen?' stotterde hij.

De monnik knikte naar hen. 'Goedenavond.' Hij liep verder naar binnen.

Robert sprong snel naar achteren en ging bij de anderen achter het kampvuur staan. Anne klampte hem angstig vast.

De monnik wandelde rustig naar het vuur en begon zijn handen warm te wrijven, zenuwachtig aangestaard door Robert en de anderen, hun ruggen tegen de rotswand gedrukt. Zo te zien was hun bezoeker in ieder geval geen spook. Spoken hielden niet van warme handen.

De monnik keek hen aan en glimlachte. 'Ik wil dat jullie met mij meekomen. We hebben veel te bespreken en weinig tijd.'

'Robert mag van zijn moeder niet met vreemden meegaan,' zei Eddie, zijn stem overdreven dapper.

Robert gaf hem een stoot met zijn elleboog. 'Wie bent u?' vroeg hij aan de monnik.

'Ik ben broeder Alfred,' antwoordde hun bezoeker.

'Ik heb u al vaker gezien,' zei Robert.

De monnik knikte. 'Ik volg jullie al een tijdje. Jullie zijn namelijk op het spoor gekomen van iets erg groots.'

Robert en de anderen keken elkaar even snel aan.

'Misschien per ongeluk,' ging de monnik verder, 'of misschien was het jullie lot om in deze geschiedenis verzeild te raken. Hoe dan ook...' Hij glimlachte weer. 'Jullie levenspaden zijn vanaf nu verweven met de grimoire van Svartwolder.'

'De wát van Svartwolder?' vroeg Eddie. 'Waar heb je het over?'

'We kunnen hier niet praten,' zei broeder Alfred. 'Volg me. Mijn auto staat boven aan het pad.'

'We gaan nergens heen zolang u ons niet vertelt wie u bent,' zei Robert.

'Dat heb ik al gezegd,' zuchtte de monnik. 'Ik ben broeder Alfred...'

'Ik bedoel...' begon Robert.

'...van de Orde van het Gouden Boek,' vervolgde broeder Alfred.

Opnieuw keken ze elkaar geschrokken aan. Orde van het Gouden Boek? Zou dit een van de dieven zijn die het gouden boek hadden gestolen?

'Kom mee,' zei broeder Alfred, 'dan zal alles snel onthuld worden.'

Ze bleven stokstijf staan.

De monnik keek hen even zwijgend aan. 'Goed dan,' zuchtte hij.

Hij stak zijn hand onder zijn pij en haalde een telefoon tevoorschijn. Even staarde hij er peinzend naar en drukte op een paar knopjes. 'Moderne troep...' mompelde hij. 'Waar zit nu... waar is die stomme belknop?' Eddie zuchtte. 'Bejaarden...' zei hij. Hij nam een stap naar voren en wees naar de telefoon. 'Die groene knop linksboven. Met dat telefoontje erop.'

'Dank je wel,' zei de monnik. Hij drukte op de toets.

Robert, Linda en Anne gaven Eddie alle drie een stomp.

'Hallo, politie?' zei broeder Alfred. 'Ik heb een tip voor u. De dieven van het gouden boek van professor Swalm houden zich schuil in de grotten onder aan de Westklif.' Hij stopte zijn telefoon weg en keek hen triomfantelijk grijnzend aan. 'Als jullie me nu willen volgen...' zei hij. 'Het is hier niet veilig meer.'

'Wat een rotstreek!' zei Anne.

De monnik knikte. 'Mijn excuses. Maar in de strijd tegen de machten der duisternis moet je zo af en toe wel eens een rotstreek uithalen.'

'Tegen de machten der duisternis?' vroeg Robert. 'Bent u dan niet de dief van het boek?'

'God verhoede!' zei de monnik. 'Absoluut niet! We hebben jullie hulp juist nodig om het boek terug te vinden.' Hij trok zijn kap over zijn hoofd en wandelde de grot uit.

Even bleven ze elkaar zwijgend aankijken.

'Wat denken jullie?' vroeg Robert.

'Waarom niet?' zei Eddie. Hij haalde zijn schouders op. 'Hier kunnen we niet blijven. Het gaat hier straks krioelen van de politiemannen.'

'Volgens mij is die vreemde kerel het enige aanknopingspunt dat we hebben,' zei Linda. 'En als hij een schurk was geweest, had hij ook een pistool kunnen gebruiken.'

'Ik heb een goed gevoel over broeder Alfred,' zei Anne, die blijkbaar al snel over haar angst voor oude mannen in jurken heen was geraakt. 'Ik denk dat we hem kunnen vertrouwen.'

Robert knikte. 'Goed dan.'

Toen volgde hij de monnik de regenachtige nacht in, gevolgd door zijn vrienden.

Even later reden ze in een oud, versleten autootje over een verlaten landweg, vlak buiten Zwartbaai. Het was opgehouden met regenen. In de verte rommelde nog af en toe de donder. Robert zat zich voorin naast de monnik af te vragen of hun chauffeur eigenlijk wel een rijbewijs had, terwijl Linda, Anne en Eddie op de achterbank tegen elkaar zaten gepropt. Bij iedere bult in het wegdek stootten ze hun hoofden aan het dak.

Robert keek naar het roze plastic kruisje dat aan de autospiegel op en neer danste en probeerde zo min mogelijk op de verontrustende rijstijl van de monnik te letten. 'Wie heeft het gouden boek gestolen?' vroeg hij.

De monnik keek glimlachend opzij, waardoor de auto begon te zigzaggen en met een razende snelheid de berm invloog. Gras en bloemen sloegen tegen de voorruit. 'Dat is een lang verhaal,' zei hij. Hij gaf een ruk aan het stuur en de auto reed weer over de weg. 'Lange verhalen vertel ik liever niet op een lege maag. Laten we eerst een hapje eten.' Hij miste bijna een afslag, gaf opnieuw een flinke ruk aan het stuur en de wagen scheurde piepend en grommend op twee wielen door de bocht.

Robert was lijkbleek geworden, doodsbang dat ze ieder moment zouden verongelukken.

'Ontspan je nou maar,' zei broeder Alfred. 'Jullie kunnen me vertrouwen.'

'We vertrouwen je helemaal niet!' riep Eddie vanaf de achterbank, zijn tanden op elkaar klapperend. 'Als je die vuile truc met je telefoon niet had uitgehaald, waren we echt niet meegekomen.'

Broeder Alfred lachte en scheurde met zo'n snelheid over een verkeersdrempel dat de auto met vier wielen van de grond vloog en met een klap weer neerkwam. 'Het grappige is,' zei hij, 'dat ik blijkbaar het verkeerde nummer had ingetoetst. Ik had de politie niet aan de lijn, maar een of ander café.' Hij glimlachte schaapachtig. 'Ik ben hopeloos met moderne techniek.'

Opeens trapte hij hard op de rem en de auto kwam piepend tot stilstand. 'Behalve met auto's,' zei hij.

Ze waren stil blijven staan voor een klein huisje dat verborgen stond tussen de bomen aan het eind van een landweggetje. Snel wankelden ze de auto uit, dankbaar dat ze de rit hadden overleefd.

'Volg me,' zei broeder Alfred. Hij begon in de richting van het huis te lopen, dat donker afgetekend stond tegen de nachtelijke hemel.

Gespannen volgden ze hem door een tuin die vol stond met heerlijk geurende struiken en bloemen. Naast de voordeur hing een glazen lantaarn waarin een kaars brandde.

'Hebben jullie geen elektriciteit?' vroeg Eddie.

Broeder Alfred doorzocht zijn pij, op jacht naar zijn sleutels. Hij glimlachte. 'Jawel hoor, maar dit is gewijde grond. Gebouwd op de resten van een kapel. Zonde om hier zo'n kille moderne lamp neer te hangen.' Hij sprak het woord 'moderne' uit alsof het iets smerigs was.

Bij het zwakke licht van de kaars zagen ze dat het huisje zo weggelopen leek uit een sprookje. De muren waren van ronde, verweerde stenen en een rieten dak hing over hun hoofden naar beneden. Het zou Robert amper verbaasd hebben als Roodkapje en de wolf de hoek om waren gekomen.

Broeder Alfred vond zijn sleutels en opende de deur. 'Kom binnen,' zei hij.

Vanbinnen zag het huisje er al net zo sprookjesachtig uit als aan de buitenkant. Een korte hal, vol met zilveren kruisbeelden en brandende kaarsen, leidde naar een huiskamer die bijna de hele benedenverdieping van het huisje leek te vullen. De muren waren van ongepleisterde steen en hier en daar brandden kaarsen. Op verschillende tafels stonden vazen met bloemen.

Midden in de kamer zaten twee monniken onderuitgezakt op een bank vol kussens voor een open haard waarin een gezellig vuur brandde. Een van hen zat een tijdschrift over tuinieren te lezen en had helemaal niet door dat er gasten binnen waren gekomen. De andere monnik sprong enthousiast overeind en wandelde op hen af alsof hij hen al jaren kende.

'Ha, daar zijn ze dan eindelijk!' riep hij, en hij begon hen een voor een de hand te schudden. Hij was een dikke man, zo te zien maar een paar jaar jonger dan broeder Alfred, met rode wangen en een klein baardje waarin nog een paar rode haren tussen het grijs te zien waren.

'Dit is broeder Herward,' zei broeder Alfred, 'en die tuinier daar is broeder Egbert.' Hij wees naar de lezende monnik, die nu zijn tijdschrift weglegde en op hen af kwam.

'Aangenaam kennis te maken,' zei hij, en hij schudde ook hun handen. Hij was erg mager en zijn korte, gekrulde zwarte haren waren nog niet grijs, hoewel hij aan zijn gezicht te zien ongeveer even oud was als de andere monniken.

'Nou, dit is allemaal heel gezellig en zo,' zei Eddie, 'maar kan iemand ons nou eindelijk eens vertellen waarom we hier zijn?'

Hij keek wantrouwend naar de kruisbeelden en schilderijen van heiligen aan de muren. 'Als ik zin had gehad om naar de kerk te gaan, had ik wel gewacht op de begrafenis van een of andere oude tante.'

Broeder Alfred negeerde hem en wendde zich tot broeder Herward. 'Is het eten bijna klaar?'

De dikke monnik knikte en verliet de kamer. Toen hij de deur naar de keuken opendeed, roken ze pas de heerlijke geuren die de huiskamer binnendreven. Hun magen begonnen meteen te rammelen.

De broeders leidden hen naar een grote eettafel in de hoek van de kamer waarop zeven borden met bestek klaarstonden.

'Zo te zien werden we verwacht,' fluisterde Robert tegen Linda, met een blik op de borden.

Ze gingen aan tafel zitten, nog steeds niet helemaal zeker of ze de monniken vertrouwden, en bleven wachten tot broeder Herward uit de keuken terugkwam met het eten.

Er hing een ongemakkelijke stilte. De monniken zaten hen vriendelijk glimlachend aan te kijken, maar wisten blijkbaar niet zo veel te zeggen.

Eddie schoof nerveus heen en weer op zijn stoel. 'Hebben jullie geen stereo of zo?' vroeg hij, fronsend om zich heen kijkend.

'O, nee,' zei broeder Alfred, 'dat soort nieuwigheden zijn niets voor ons. Als het te stil wordt, kunnen we altijd kerkliederen zingen.'

'Dat hoeft niet, hoor,' zei Eddie snel. 'Het is eigenlijk helemaal niet zo stil!'

Opnieuw bleven ze zwijgend op het eten wachten, het enige geluid het tikken van een oude klok en de regen die weer was losgebarsten en tegen de ramen sloeg.

'U hebt het hier gezellig ingericht,' zei Anne beleefd.

Broeder Egbert grijnsde. Hij miste een paar tanden. 'Dank je. Morgen zal ik je onze tuin eens laten zien. Dat is mijn grote trots.'

'Dat zou ik erg leuk vinden,' zei Anne glimlachend. Zo te horen meende ze het echt.

Terwijl Eddie chagrijnig naar Anne keek en Linda verveeld met haar bestek begon te spelen, probeerde Robert na te denken over hun situatie.

Het leek hem steeds minder waarschijnlijk dat de broeders kwaad in de zin hadden. Echte schurken trakteerden hun gevangenen toch zeker niet op lekker eten, en beloofden hun toch ook geen rondleidingen door de tuin? Tenminste, niet voor zover hij wist. Eigenlijk had hij nog nooit een echte schurk ontmoet, al kwam de tandarts waar zijn moeder hem elk half jaar mee naar toe sleepte aardig in de buurt.

De keukendeur ging open en broeder Herward kwam binnen met een groot dienblad vol heerlijk ruikend eten dat hij op tafel neerzette. Hij liep een paar keer op en neer en al snel stond de tafel vol met gebraden vlees, gebakken aardappelen, een grote kom sla en verschillende sauzen.

Eddie keek zo hongerig naar het eten dat het Robert niet zou hebben verbaasd als hij was gaan kwijlen. Terwijl de broeders begonnen te bidden, stak Eddie zijn vork in de pan vol runderlappen die voor hem stond en begon zijn bord vol te scheppen. Robert, die tegenover hem zat, gaf hem onder de tafel een trap tegen zijn schenen.

'Au!' riep Eddie. 'Waarom...'

Naast hem fluisterde Linda: 'Wacht even tot ze klaar zijn, dat is wel zo netjes.'

Eddie fronste en legde het vlees terug in de pan.

Zo geduldig mogelijk wachtten ze tot de monniken hun gebed hadden beëindigd.

Toen keek broeder Alfred vanaf het hoofd van de tafel op. 'Tast toe,' zei hij. 'Ik wil dat er geen kruimel overblijft.'

Terwijl de anderen op het eten afdoken, keek Robert schaapachtig naar broeder Alfred. Hij had zich een beetje ongemakkelijk gevoeld tijdens het gebed en was bang dat de monniken beledigd zouden zijn omdat hun gasten niet mee hadden gedaan.

Broeder Alfred leek zijn gedachten te lezen. Hij begon zijn bord vol aardappelen te scheppen en keek Robert vriendelijk glimlachend aan. 'Het is ieders eigen keuze of hij wel of niet wil bidden,' zei hij. 'Wat iemand gelooft is niet zo belangrijk als hoe hij zijn leven leidt. Jullie zijn puur in hart en ziel. Daarom zijn jullie hier.'

'Zijn we hier omdat we puur in hart en ziel zijn?' vroeg Robert verward. 'Wat bedoelt u daarmee?'

'Straks,' zei broeder Alfred. 'Na het eten zal ik jullie alles vertellen over de vloek van Zwartbaai.'

Hoofdstuk 10

De grimoire

Bijna een uur lang zaten ze te eten. Broeder Herward had flink zijn best gedaan en het leek wel alsof hij minstens veertig gasten had verwacht. Toen het toetje – een heerlijke chocoladepudding – werd opgediend, zaten ze zo vol dat ze met moeite een paar hapjes binnen wisten te krijgen.

Tijdens het eten vertelde Robert de monniken wat er gebeurd was in het huis van de professor. Toen ze hoorden dat er een dode hand in de woning had gestaan, keken de broeders elkaar even fronsend aan, maar ze zeiden niets.

Na de maaltijd, toen ze allemaal het gevoel hadden dat ze ieder moment konden ontploffen, leidde broeder Alfred hen naar het haardvuur, waar ze samen op de banken gingen zitten, weggezakt tussen de kussens. Robert en Eddie keken even snel of de meisjes niet op hen letten en deden toen voorzichtig de bovenste knoop van hun broek open. Het was de enige manier om lekker te zitten na die enorme maaltijd.

Broeder Alfred schonk voor iedereen wat te drinken in en ging toen in een luie stoel naast het vuur zitten.

Het zachte knapperen van het hout in de haard maakte Robert dromerig.

'En nu,' zei broeder Alfred, 'is het tijd voor de uitleg die ik jullie heb beloofd.'

'Eindelijk!' zuchtte Eddie.

'Wie zijn jullie?' vroeg Robert. 'En wat is de Orde van het Gouden Boek?'

Broeder Alfred glimlachte. 'Die twee vragen beantwoorden elkaar. Wij zijn de Orde van het Gouden Boek en de Orde van het Gouden Boek zijn wij.'

'Daar schieten we veel mee op,' zei Eddie. 'Dank je wel, nu is alles duidelijk.'

Broeder Alfred stond op en liep naar een oude ingelijste tekening die aan de muur hing. Het was een afbeelding van de abdij, voor hij in de oorlog was verwoest. 'Ons verhaal begint lang geleden,' zei broeder Alfred. 'In de zeventiende eeuw, om precies te zijn. De abdij van Zwartbaai was in die dagen op het toppunt van zijn macht en de broeders werden overal gerespecteerd. Maar het waren donkere tijden. Duistere krachten waarden rond op de aarde. Heksen, tovenaars... ook in Zwartbaai was het niet pluis.'

'Graaf Svartwolder!' zei Linda.

Broeder Alfred knikte. 'Inderdaad. De graaf hield zich bezig met zaken die het daglicht niet konden verdragen. Duivelsaanbidding, zo werd verteld. Tovenarij, zeiden anderen. Niemand wist het met zekerheid te zeggen, maar er gebeurden wel degelijk vreemde dingen. Mensen die spoorloos verdwenen, vreemde geluiden in de nacht... Niemand durfde na zonsondergang in de buurt van het landhuis van de graaf op de Oostklif te komen.'

Hij nam een slok uit het glas rode wijn in zijn hand. Buiten begon het harder te waaien en regenvlagen sloegen tegen de ramen.

'En toen, op een dag, verliet de graaf zijn woning. Hij ging op een lange reis, maar niemand wist waarheen of waarom.'

'Ook de monniken niet?' vroeg Anne.

Broeder Alfred schudde zijn hoofd en ging weer zitten. 'Nee. Ik denk dat ze allang blij waren dat hij was vertrokken. Maar de vrede duurde niet lang. Een paar jaar later keerde de graaf terug van zijn reis. Niemand zag hem terugkeren, maar op een nacht brandde er opeens weer licht in zijn huis. Vanaf die dag werd alles erger dan het ooit was geweest. Mensen verdwenen aan de lopende band, het dorp was dag en nacht in mist gehuld en er waren geruchten dat zelfs de doden niet konden rusten. De doodsbange bevolking van Zwartbaai vroeg de monniken van de abdij om hulp.'

'En toen werd de graaf gevangengenomen?' vroeg Robert, die zich het verhaal herinnerde dat Markus Fort hun had laten lezen.

Broeder Alfred knikte. 'Graaf Svartwolder werd beschuldigd van hekserij en in de kelder van de abdij opgesloten, waar hij dag en nacht werd ondervraagd.'

Hij nam een slok wijn en staarde even naar zijn glas. 'Ik ben bang dat dit er niet al te zachtzinnig aan toeging,' zei hij zachtjes. 'In die dagen werden er nog martelinstrumenten gebruikt om gevangenen aan de praat te krijgen, vooral als het om hekserij ging.'

'En praatte de graaf?' vroeg Robert.

'O ja, hij praatte,' zuchtte broeder Alfred. 'Hij verwenste zijn ondervragers en riep de meest vreselijke vloeken af over de abdij en het dorp. In ons archief hebben we een overgeschreven lijst van zijn antwoorden.' Hij rilde. 'Gruwelijke godslasteringen, namen van duivels die hij aanriep... niet erg prettig om te lezen. De graaf praatte volop, maar één ding vertelde hij de broeders niet. Dat wat ze het liefst hadden willen weten.'

'Wat was dat?' vroeg Robert. Net als de anderen zat hij zo gespannen te luisteren dat hij zijn glas nog niet had aangeraakt.

'Er werd verteld dat graaf Svartwolder iets had meegebracht van zijn reis,' zei broeder Alfred. 'Iets duivels dat hem de kwade krachten had gegeven waarmee hij zo'n terreur over het dorp had afgeroepen. Niemand wist wat dat voorwerp was en de graaf weigerde antwoord te geven. Ook over de bestemming van zijn reis zweeg hij. Tot op de dag van vandaag is dat een raadsel, al hebben we zo onze vermoedens.'

'Wat dan?' vroeg Eddie.

'Sommigen beweren dat Svartwolder een zwarte pelgrimstocht gemaakt had,' antwoordde broeder Alfred.

'Een wat?'

'Een soort omgekeerde bedevaart. Een beetje zoals ridders die in de middeleeuwen naar Jeruzalem reisden om te bidden, maar dan helemaal omgekeerd. Een reis naar een onheilige plek, als eerbetoon aan de duistere machten. Sommige onderzoekers geloven dat graaf Svartwolder naar de Karpaten is gereisd, waar hoog in de bergen de Scholomance was gevestigd. De leerschool van de duivel.'

Robert had heel wat gelezen over mysteries, maar dit was nieuw voor hem. 'Daar heb ik nog nooit van gehoord,' zei hij.

Broeder Alfred haalde zijn schouders op. 'Het is dan ook een oud verhaal. Bijna vergeten. Maar er waren tijden waarin de mensen echt geloofden in die school. Volgens de verhalen gaf de duivel hoogstpersoonlijk les aan tien leerlingen per keer, op een verborgen plek hoog in de mistige bergen van Oost-Europa. Aan het eind van de lesperiode mochten negen leerlingen terug naar huis, vol verboden kennis van magie en de geheimen van de natuur. De tiende leerling werd door de duivel gehouden. Als loon.'

'Maar dat is natuurlijk maar een verhaal,' zei broeder Herward geruststellend. Blijkbaar vond hij dit soort verhalen een beetje te eng voor hun jonge gasten.

'Misschien...' zei broeder Alfred terwijl hij peinzend naar het vuur staarde. 'Hoe dan ook, de graaf liet niets los en uiteindelijk werd hij tot de brandstapel veroordeeld. Vlak voor zijn dood schreeuwde hij een voorspelling naar het toegestroomde publiek.'

'Dat weten we,' zei Anne. 'Svartwolders erven zullen deze dag wreken, of zoiets.'

'Ja, ik zag jullie in de abdijruïne toen jullie de voorspelling op de muur vonden,' zei broeder Alfred. '*Svartwolders erven sullen deez' dag wreken, slechts eer en trouw vermogen deez' ban te breken.*' De monniken vonden het om een of andere reden de moeite waard om de tekst op die muur aan te brengen. Waarom weet eigenlijk niemand. Misschien als waarschuwing aan toekomstige generaties.'

'Is het niet een beetje vreemd voor een man die op de brandstapel staat om rijmpjes naar het publiek te roepen?' vroeg Linda.

'Erg vreemd, maar graaf Svartwolder was dan ook een vreemde man,' zei broeder Alfred. 'Hij verzon graag rijmpjes. Hij schijnt ook ooit gezegd te hebben: "van bier ende wijn heb ik nooit te veel, dus giet het snel in mijnen keel." Maar dat rijmpje bleek veel minder populair dan dat over zijn erven.'

Eddie grinnikte.

'En wat heeft het gouden boek met dit alles te maken?' vroeg Robert.

'Daar kwam ik juist aan toe,' zei broeder Alfred. 'Zie je, in de nacht na de terechtstelling van graaf Svartwolder trokken de dorpelingen massaal naar zijn landhuis op de Oostklif.'

'Net als in films?' vroeg Eddie. 'Met hooivorken en brandende fakkels?'

Broeder Alfred knikte. 'Precies. Nu de graaf er niet meer was, wilden ze zijn huis, waar zo veel duistere dingen waren gebeurd, vernietigen. En dat deden ze. Brandden het tot de grond toe af. De volgende ochtend was er niets meer van over dan een smeulende ruïne.'

Hij boog zich voorover naar de mand die naast de haard stond en gooide een nieuw blok hout op het vuur. 'En toen werd het gevonden,' zei hij.

'Wat?' vroeg Robert.

'Het gouden boek,' zei broeder Alfred. 'In de uitgebrande resten. Volledig onaangetast lag het daar tussen de zwarte balken. Alles in het huis was vernietigd, behalve het boek. De bange dorpsbewoners die het vonden, brachten het naar de monniken. Het goud had ze rijk kunnen maken, maar niemand die het durfde te houden. In die dagen volgden mensen nog hun instinct en de vinders konden het kwaad voelen dat het boek uitstraalde.'

Robert knikte. Hij herinnerde zich het rare gevoel toen hij oog in oog met het boek had gestaan.

'De monniken wisten meteen dat het boek een grimoire was,' zei broeder Alfred.

'Een wat?' vroeg Eddie.

'Een grimoire. Dat is een boek vol magische krachten. Er waren er in die dagen wel meer in omloop. Bijgelovige mensen dachten dat ze rijk of machtig konden worden met behulp van de toverspreuken uit dit soort boeken. Er was dan ook een levendige handel in. Die boeken waren natuurlijk bijna allemaal nep, in elkaar gezet door handige bedriegers die misbruik maakten van het bijgeloof van de mensen. Maar er waren wel degelijk echte grimoires. Erg zeldzaam, maar de broeders wisten dat ze bestonden. Toen het gouden boek van graaf Svartwolder bij hen werd gebracht, wisten ze het zeker: dit was een echte grimoire, en een erg gevaarlijk exemplaar.'

'Wat stond er eigenlijk in?' vroeg Anne.

Broeder Alfred haalde zijn schouders op. 'Ik weet het niet. Het was volgekrabbeld met rare symbolen in een vreemde taal die niet op deze aarde thuishoort. Ik zou het duistere wezen dat de taal van dat boek kan lezen, niet graag ontmoeten.'

'Maar wat was dan het nut van het boek?' vroeg Robert.

'De grimoire van graaf Svartwolder was niet zozeer een boek om te lezen,' zei broeder Alfred, 'als meer een machtig voorwerp vol duistere magie, zoals een toverstaf. De monniken hadden het vermoeden dat het gebruikt werd bij rituelen.'

'Ik snap niet zo goed hoe een boek vol kan zitten met boze

krachten,' zei Robert, voor wie boeken altijd vrienden waren geweest.

'Boeken kunnen hele werelden bevatten,' zei broeder Alfred. Hij zag de niet-begrijpende blikken om hem heen en dacht even na. 'Wonderland,' zei hij.

'Wat?' vroeg Robert.

'Alice in Wonderland,' glimlachte de monnik. 'Een prachtige wereld, Wonderland, maar een die alleen maar bestaat tussen de pagina's van een boek.'

Robert knikte. Hij begon een beetje te begrijpen wat broeder Alfred bedoelde.

'Boeken zijn vreemde dingen,' zei de monnik dromerig. 'Ze kunnen vol plezier zitten, vol spanning, vol drama... of vol kwaad. Telkens als je een boek opent, duik je een nieuwe wereld in.'

'Wat hebben de monniken met het boek gedaan?' vroeg Anne.

Broeder Alfred schrok op uit zijn overpeinzing. 'De broeders hebben geprobeerd het kwaad te vernietigen met gebeden, wierook en wijwater, maar niets hielp. Het boek bleef onverstoorbaar zijn sluimerend kwaad uitstralen. Ten einde raad probeerden ze vuur, bijlen, zwaarden en zelfs buskruit. Maar niets werkte. Ze konden nog geen krasje in het goud krijgen. Toen werd, na lang vergaderen, besloten het boek diep in de gewelven onder de abdij te begraven, omgeven door zilveren kruisen. Daar zou het kwaad voor eeuwig bewaakt worden door de monniken van de abdij, zodat de grimoire nooit in verkeerde handen zou vallen.'

Hij keek met een droevige blik naar de oude tekening van de abdij aan de muur. 'Generatie op generatie bewaakten ze de grimoire. De angst voor graaf Svartwolder werd in het dorp vergeten en zijn terechtstelling werd een volksverhaal dat bij de haard werd verteld. Alleen de monniken herinnerden zich nog de waarheid. De oude broeders gaven het geheim door aan hun jongere collega's en de precieze locatie van de begraafplaats van het gouden boek werd bewaard in documenten in de abdijbibliotheek.'

Hij leunde achterover en nam een flinke slok wijn. 'Maar de tijden veranderden. Misschien kwam het door de verwensingen die graaf Svartwolder over de abdij had afgeroepen, of misschien was het niets meer dan de voortgang van de geschiedenis, met alle verval en opbouw die daarbij hoort... maar de abdij verloor langzaam maar zeker zijn macht. Steeds minder jonge mannen voelden zich aangetrokken tot het kloosterleven. Tot er uiteindelijk nog maar een paar broeders in de oude abdij woonden, de laatste bewakers van een eeuwenoud geheim. En toen sloeg het noodlot toe. De Tweede Wereldoorlog veranderde de wereld in een slagveld, en op een kwade dag vloog een vliegtuig over Zwartbaai en liet een bom vallen die precies op de abdij terechtkwam. Bijna het hele gebouw werd verwoest, voorgoed veranderd in de ruïne waarnaast jullie je tenten hebben opgeslagen. Er leefden in die dagen nog maar drie monniken in de abdij.'

'Jullie?' vroeg Anne.

Broeder Alfred keek haar beledigd aan. 'Wij? Nee, zeg! Zo oud zijn we nou ook weer niet.'

'Sorry,' mompelde Anne en ze richtte haar blik snel op het glas in haar hand.

Broeder Alfred wreef even over zijn kale hoofd en vervolgde zijn verhaal. 'Van die drie monniken verloren er twee hun leven door de bominslag. Het was alsof de duivel ermee speelde, en misschien was dat ook zo, maar de overlevende monnik was de jongste van de drie, en zijn twee oudere broeders hadden hem nog niet hun grootste geheim verteld: de precieze begraafplaats van het gouden boek. De jonge monnik kende de geschiedenis van de graaf en wist dat de grimoire ergens in de abdij was begraven, maar de precieze vindplaats was verloren gegaan. De documenten in de bibliotheek waren voorgoed vernietigd.'

Hij zuchtte. 'De monniksorde werd van hogerhand ontbonden en de eenzame broeder verliet de resten van zijn geliefde abdij. Uiteindelijk kwam het land met de ruïne in bezit van de staat. Maar broeder Anton, want dat was de naam van de laatste monnik, verliet Zwartbaai niet. Hij kende het gevaar. Hij besloot in de buurt van de abdijruïne te blijven om te waken.'

Hij stond op en gebaarde om zich heen. 'Hij bouwde dit huisje met zijn eigen handen en bleef hier wonen. De kluizenaar van Zwartbaai, noemden de mensen hem. Toen hij erg oud begon te worden, ging hij op zoek naar opvolgers. Gelovige monniken aan wie hij zijn geheim kon toevertrouwen. En zo zijn wij hier terechtgekomen. Een voor een heeft broeder Anton ons in vertrouwen genomen.'

Hij wees naar een ingemetselde steen vlak boven de haard, die hun in het zwakke licht nog niet was opgevallen. Het was een afbeelding van een boek met een cirkel eromheen en een kruis erbovenop.

'De Orde van het Gouden Boek,' zei broeder Alfred. 'Vlak voor de dood van broeder Anton hebben we deze orde opgericht. Ons doel...'

'De wereld beschermen tegen Svartwolders grimoire,' maakte Robert zijn zin af.

Broeder Alfred knikte. 'Precies. We konden eigenlijk niet veel meer doen dan wachten en waken rond de abdijruïne. Tot die noodlottige dag waarop we het nieuws hoorden dat er voor het eerst opgravingen in de ruïne zouden worden uitgevoerd. Toen hielden we natuurlijk ons hart vast. En terecht, want het gouden boek werd gevonden. En onmiddellijk begonnen er vreemde dingen te gebeuren in Zwartbaai.'

'De spookverschijningen?' vroeg Robert.

'Precies,' zei broeder Alfred. 'Ieder dorp heeft zo zijn spoken, maar die zie je meestal maar zelden. Toen het boek werd gevonden en de zilveren kruizen die het bewaakten werden weggehaald, begonnen de duistere krachten langzaam tot leven te komen. De natuurlijke balans tussen onze wereld en het dodenrijk is verstoord. De grimoire heeft driehonderd jaar geslapen. Nu sluimert hij. In de handen van mensen met de verkeerde kennis kan dat een ramp betekenen.'

'Mensen met de verkeerde kennis?' vroeg Robert. 'Zoals de dieven die het boek hebben gestolen?'

Broeder Alfred knikte. 'Ik moet toegeven dat wij ook met het plan rondliepen om het boek te stelen. Maar iemand was ons te snel af. We hadden al een tijdje het vermoeden dat er personen met foute bedoelingen actief waren in Zwartbaai, maar nu weten we het zeker.'

'Weten jullie wie die personen zijn?' vroeg Linda.

Broeder Alfred zuchtte en schudde zijn hoofd. 'Helaas. We hebben geen flauw idee, en we hebben niet veel tijd meer om erachter te komen.'

'Waarom niet?'

'Morgenavond is het midzomernacht,' zei de monnik. 'Een nacht vol magie, waarin het gemakkelijker is om contact te leggen met het bovennatuurlijke. Het is erg waarschijnlijk dat de dieven, als ze echt weten waar ze mee bezig zijn, de midzomernacht zullen gebruiken om de grimoire tot leven te brengen. En dat zou een ramp betekenen.'

'Maar misschien weten de dieven helemaal niet waar ze mee bezig zijn?' stelde Anne hoopvol voor. 'Misschien zijn het wel gewone dieven die alleen in het goud en de juwelen geïnteresseerd zijn.'

Broeder Alfred schudde zijn hoofd. 'Nee. Daar had ik zelf ook nog even op gehoopt, tot Robert ons vertelde over de dode hand. Toen wist ik zeker dat we gelijk hadden. De dode hand is een machtig magisch voorwerp. Gewone dieven maken geen gebruik van hekserij.'

'Jullie zitten dus flink in de problemen,' zei Eddie.

Broeder Alfred keek hem ernstig aan. 'De hele wereld zit flink in de problemen.'

Even bleef het stil in de kamer. Robert staarde naar het symbool van de Orde van het Gouden Boek boven de schouw.

'Gelooft u dat de duivelsschool echt heeft bestaan?' vroeg hij.

'Wie zal het zeggen?' zei broeder Alfred. 'Misschien was er in die dagen wel echt een soort school voor de zwarte kunsten waar graaf Svartwolder een jaar verbleef, voor hij terugkeerde met de grimoire. Of de duivel daar zelf lesgaf... ik weet het niet.'

'Dus dan zou de grimoire eigenlijk een soort schoolboek zijn?' vroeg Robert.

'Ik haat schoolboeken,' mompelde Eddie.

Broeder Alfred glimlachte. 'Zoiets,' zei hij. 'Een duivels schoolboek.'

'Maar als iedere scholier van de Scholomance zo'n duivels boek meekreeg, zouden de andere leerlingen er toch ook een hebben?' vroeg Linda. 'En wie weet hoeveel leerlingen er door de eeuwen heen zijn geweest? Dat zou betekenen dat er honderden van die grimoires zijn!'

Even hing er een stilte. Allemaal voelden ze een rilling over hun rug lopen.

Toen stond broeder Alfred op en hij rekte zich uit. 'Zoals broeder Herward al zei: het is maar een verhaal. Niemand weet waar Svartwolder dat boek vandaan heeft gehaald.'

Het was laat in de nacht toen ze eindelijk uitgepraat waren. Als de dieven echt van plan waren om de volgende nacht de kwade krachten in de grimoire te ontketenen, hadden ze nog maar weinig tijd. Eddie en Robert hadden dan ook voorgesteld om niet te gaan slapen, maar meteen op onderzoek uit te gaan. Maar de monniken hadden daar niets van willen horen. 'Het kwaad bestrijden doe je niet zonder voldoende nachtrust,' zei broeder Alfred. 'Geloof me, jullie lichamen en geesten zullen morgen al hun kracht nodig hebben.'

Hij leidde hen naar twee kleine slaapkamertjes op de bovenverdieping, waar de gastvrije monniken al pyjama's en tandenborstels hadden klaargelegd.

Anne en Linda stommelden uitgeput hun slaapkamer binnen, mompelden 'welterusten', en sloten de deur.

Eddie liep naar zijn bed en liet zich met een tevreden zucht languit achterovervallen.

Robert bleef in de deuropening naast broeder Alfred staan. 'Zo te zien werden we verwacht,' zei hij, met een blik op de spullen die klaargelegd waren op de bedden.

Broeder Alfred knikte. 'Ik volg jullie al sinds ik jullie rond zag snuffelen in de ruïne.'

Robert lachte verlegen. 'Ik dacht dat u een spook was toen ik u daar zag staan.'

'Sorry dat ik je teleur moet stellen,' grijnsde de oude monnik. 'Ik zou zeggen, kom over tien jaar nog eens terug.'

Robert keek onwennig de andere kant op.

'Ik ben een oude man,' zei broeder Alfred, 'en niet bang om dood te gaan.'

Hij gaf Robert een schouderklopje. 'De enige angst die wij hebben, is dat er op een dag niemand meer is om het gouden boek te bewaken.'

Robert voelde nattigheid.

'We zouden eigenlijk best wat jong bloed in onze orde kunnen gebruiken,' zei broeder Alfred. 'Jullie zijn daar perfect voor. Mijn gevoel zegt me dat jullie voorbestemd zijn om grote daden te verrichten in de strijd tegen de machten der duisternis.'

'Wij?' vroeg Robert verbaasd. 'Wij zijn gewoon een paar vrienden die van mysteries houden.'

Broeder Alfred glimlachte. 'Misschien. Maar ik denk dat het lot jullie bij elkaar heeft gebracht. Niets gebeurt zonder reden.'

'Dank u voor het aanbod,' zei Eddie vanaf het bed, 'maar we zijn niet zo godsdienstig aangelegd.' Hij wees naar de pij die de monnik droeg. 'En jurken staan ons niet zo. Misschien kunt u het beter aan Anne vragen.'

'Weten jullie het zeker?' vroeg broeder Alfred. 'Het is geen verkeerd leven als lid van de orde.'

Hij opende een deur tegenover hun slaapkamer en gebaarde naar binnen. 'We hebben zelfs een tafelvoetbalspel.' Met een brede grijns bleef hij afwachtend naar hen staan kijken.

'Nee. Sorry,' zei Robert.

Broeder Alfred keek hem even teleurgesteld aan. 'Ik begrijp het,' zei hij toen. 'Jullie zijn de kinderen van een nieuwe wereld. Wij zijn de geschiedenis en jullie de toekomst.'

'Maar we willen u heel graag helpen om het boek terug te vinden,' zei Robert snel.

'Ja,' zei Eddie, 'al is het maar om buiten de gevangenis te blijven.'

'Een nobel streven,' glimlachte broeder Alfred. Hij knikte naar hen en liep de trap af. 'Welterusten. Ik zal jullie morgenvroeg wakker maken. Dan kan de strijd beginnen.'

Robert sloot de slaapkamerdeur en liet zich uitgeput op zijn bed vallen. Even lag hij naar het plafond boven zijn hoofd te staren. Toen draaide hij zijn hoofd naar Eddie toe. 'Wat denk jij ervan?' vroeg hij.

Maar hij kreeg geen antwoord. Eddie was in slaap gevallen zonder de keurig opgevouwen pyjama op het bed aan te trekken.

Terwijl Robert zichzelf langzaam voelde wegzakken in een diepe slaap, moest hij even glimlachen. Markus Fort moest eens weten wat hij miste...

Professor Swalm propte de laatste tas in de kofferbak van zijn auto en smeet het deksel dicht. Hij liep nog even terug zijn huurhuis in om te kijken of hij niets vergeten was. Hoewel hij eigenlijk pas de volgende ochtend in de stad werd verwacht, had hij besloten om nu al te vertrekken. Waarom wist hij eigenlijk zelf niet. Of in ieder geval durfde hij het niet toe te geven, zelfs niet tegenover zichzelf. Terwijl hij door de verlaten kamers van het schemerige huis liep, voelde hij de rillingen over zijn rug lopen.

Dat was het probleem. De professor was niet gewend aan koude rillingen en vreemde, fluisterende schaduwen. In zijn wereld was wit gewoon wit, zwart was zwart en de doden waren dood. Een mummie was niets meer dan een historisch voorwerp en spoken bestonden niet. Maar sinds de dag waarop hij het gouden boek binnen had gebracht, klopte er iets niet.

Tijdens sommige nachten was hij badend in het zweet wakker geschrokken, ervan overtuigd dat er iemand in het huis was. Telkens wanneer hij was gaan kijken, bleek alles rustig te zijn. Maar het oncomfortabele gevoel bleef. Zelfs overdag voelde hij zich niet op zijn gemak. Als hij door de huiskamer liep, bleef hij het gevoel hebben dat iets of iemand naar hem keek. Ergens heel diep in hem was dat stemmetje dat hij met jaren van serieuze studie tot zwijgen had gebracht, tot leven gekomen. De stem van het kind in hem, dat nog openstond voor geheimen en zijn instincten niet negeerde.

Je bent niet alleen in dit huis, zei het kind in hem.

De professor had zichzelf keer op keer verteld dat hij een wetenschapper was en niet geloofde in sprookjes.

Maar toen kwamen die vreemde kerel en die kinderen hem lastigvallen met precies dezelfde sprookjes die al zo lang in zijn achterhoofd hadden rondgespookt. En vlak daarna die zwarte golf die door het huis had geraasd en hem bewusteloos op de grond had laten vallen. Professor Swalm geloofde niet in toeval. Voor hem had alles een reden. Hij wist niet wat er aan de hand was, maar hij wist in ieder geval dat hij er niets mee te maken wilde hebben.

Zo gauw de politieagenten hun onderzoek hadden afgerond en hem alleen hadden gelaten, was hij dan ook begonnen zijn koffers te pakken. De huissleutels kon hij wel per post naar de eigenaar sturen.

Gelukkig hadden de agenten die gruwelijke afgehakte hand meegenomen. Als ze dat niet hadden gedaan, had hij waarschijnlijk de huiskamer niet meer in gedurfd. Het ding gaf hem de kriebels.

Toen hij de laatste kamer had doorzocht, liep hij met een opgeluchte zucht naar de voordeur. Hij verliet het huis, sloot de deur achter zich en liep over het tuinpad naar zijn auto.

Opeens bleef hij stokstijf staan. Een groep in het zwart geklede mannen en vrouwen stond om zijn auto heen zwijgend op hem te wachten.

'K-kan ik u helpen?' vroeg hij nerveus.

Een van de gedaantes liep langzaam op hem af. 'U hebt iets wat ons toebehoort,' zei hij zachtjes.

'Ik weet niet wat u bedoelt,' zei de professor. 'Als u even opzij zou willen...'

Maar de man ging niet opzij. Hij bleef op de professor aflopen en stak een hand met lange nagels naar voren. Hij droeg zwarte nagellak. 'De dode hand,' zei hij. 'Waar is die?'

De professor liep voorzichtig achteruit. 'D-die hand?' zei hij. 'Die heeft de politie meegenomen.'

De man keek hem even indringend aan. Toen geloofde hij

de professor blijkbaar. 'Dat is erg jammer,' zei hij. Even bleef hij de professor peinzend aanijken.

'A-als u nu even opzij zou willen gaan,' stotterde de professor. 'I-ik heb haast.' Hij probeerde langs de vreemdeling af te lopen, maar die stak zijn voet uit en de professor viel languit in het grind. De zwarte gestalten lachten.

Met een rood hoofd krabbelde de professor overeind. Hij was doodsbang. Wat waren die griezels met hem van plan? In paniek balde hij zijn vuist en haalde uit naar de man die hem had laten struikelen. Maar de vreemdeling stapte opzij en de vuist raakte alleen maar lucht.

'Rustig aan, professor,' grijnsde hij. 'Ik denk dat u beter een dutje kunt gaan doen.' En voor de professor doorhad wat er gebeurde, gooide de vreemdeling een handvol poeder in zijn gezicht.

Voor de derde keer die nacht viel professor Swalm op de grond. Hij zag niets meer van zijn omgeving. Om hem heen dansten zwarte en rode vlekken. Ergens in de verte lachte iemand. Het was een bekende stem, een stem die hij vaker had gehoord...

Opeens was alles stil. De nacht hield op met dansen. De professor opende zijn ogen en zag dat hij helemaal alleen in het grind naast zijn auto lag. De vreemdelingen waren verdwenen.

Moeizaam krabbelde hij overeind en liep op de auto af, terwijl hij angstige blikken wierp op de diepe schaduwen om hem heen.

Hij wist niet zeker of hij zich goed genoeg voelde om te rijden, maar hij reed nog liever van een klif dan nog één nacht in Zwartbaai te blijven.

Hoofdstuk 11

Ridders van de ronde tafel

Hommels zoemden rond de bedwelmend geurende bloemen in de tuin van het huisje. Broeder Egbert had niets te veel gezegd: de tuin was prachtig. Een grasveld met een klein terras werd omzoomd door struiken, planten en bloemen die vlinders en andere insecten aantrokken. Helemaal achterin stonden een paar bijenkorven. De honing verkochten de monniken in het dorp. Een hoge stenen muur, overwoekerd met klimop en rozenstruiken, schermde de tuin af van de buitenwereld.

Robert had het gevoel dat hij zich in een sprookjeswereld bevond, ver weg van de moderne tijd. Hij zat samen met de anderen aan een ronde tuintafel waarboven een paar wespen de resten van een uitgebreid ontbijt verkenden. De ochtendzon scheen heerlijk in zijn gezicht en hij voelde zich verrassend vredig. Het was moeilijk te geloven dat de machten der duisternis nog diezelfde avond los zouden breken.

Broeder Egbert wandelde door de tuin, gevolgd door Anne, die vol aandacht luisterde naar zijn enthousiaste verhalen over tuinieren. Af en toe rook ze glimlachend aan een bloem.

Eddie en Linda zaten tegenover Robert na te genieten van het ontbijt. Niemand sprak, maar Robert wist dat ze allemaal aan hetzelfde dachten. Hoe moesten ze erachter komen wie het gouden boek had gestolen? Ze hadden helemaal geen aanknopingspunten en de monniken wisten al net zo weinig als zij.

De achterdeur van het huisje ging open en broeder Herward verscheen in de deuropening. 'Willen jullie even binnenkomen?' vroeg hij. 'Er is een extra nieuwsuitzending aangekondigd op de regionale zender. Over de diefstal van het gouden boek.'

Nieuwsgierig liepen ze naar binnen, gevolgd door Anne en broeder Egbert.

'Hebben jullie dan toch elektrische apparaten?' vroeg Eddie.

'We hebben een televisie, alleen maar om zo af en toe het nieuws te volgen,' zei broeder Herward. 'In de keuken.'

Hij ging hun voor naar een klein keukentje dat volhing met bosjes kruiden en gedroogd vlees. Broeder Alfred zat naar een ouderwetse zwart-wittelevisie te kijken, die op een klein tafeltje in een hoek was weggemoffeld.

Hij knikte hun toe. 'Ga zitten.'

Zwijgend keken ze naar de tv, waarop zojuist het regionale nieuws begon. Een nieuwslezeres vertelde de kijkers het schokkende nieuws dat het uiterst waardevolle gouden boek dat professor Swalm in de abdij van Zwartbaai had gevonden, was gestolen.

'Professor Swalm, die het dorp heeft verlaten en is teruggekeerd naar zijn universiteit, was helaas niet bereikbaar voor commentaar,' vertelde ze.

Een woordvoerder van de politie verscheen in beeld. 'In verband met het onderzoek kan ik weinig zeggen,' zei hij. 'Voor zover we weten, is het mogelijk dat de roof verband houdt met een sekte. Op de plaats delict is een voorwerp gevonden dat daarop lijkt te duiden. We hebben een aantal verdachten op het oog en hopen hen spoedig te arresteren.'

De nieuwslezeres verscheen weer in beeld, met de ruïne van de abdij op de achtergrond. 'Volgens onze bronnen zou het gaan om een enkele man, volgens de professor een gevaarlijke waanzinnige, vergezeld door vier kinderen die in Zwartbaai op vakantie zijn.'

Opeens sprong Robert geschrokken overeind van zijn stoel.

Zijn moeder was in beeld verschenen, met een zakdoek in haar hand en haar ogen vol tranen. Onder haar gezicht verscheen de tekst 'moeder van een van de verdachten'.

'Hij had me nog zo beloofd zich te gedragen!' snotterde ze naar de camera. Ze snoot luidruchtig haar neus en Robert wist niet of hij ontroerd moest zijn of zich moest schamen. Zijn besluit was snel genomen toen zijn moeder verder praatte: 'En hij had me ook beloofd om... om...'

Robert dook op de tv af en probeerde hem uit te zetten, maar Eddie was hem te snel af en hield hem met een brede grijns tegen.

'...om elke dag een schone onderbroek aan te trekken!'

Eddie schaterde het uit en Robert keek met een rood hoofd naar zijn voeten, bang om de anderen aan te kijken.

'Ach,' zei Anne. 'Jouw moeder geeft tenminste om je. Mijn ouders zijn waarschijnlijk al vergeten dat ik op vakantie ben gegaan. Die hebben het veel te druk met zichzelf om zich zorgen om mij te maken.'

Linda gaf Robert een voorzichtig schouderklopje. 'Precies,' zei ze zachtjes. 'Wees blij dat ze zo veel van je houdt.'

'De politie heeft de tenten van de voortvluchtige kinderen doorzocht,' vertelde de nieuwslezeres, 'maar niets anders gevonden dan wat kleding, slaapzakken en een paar pakken hamburgers.'

Roberts moeder verscheen weer in beeld. 'En hij heeft me nog zo beloofd dat hij gezond zou eten!' snotterde ze.

Deze keer kon zelfs Linda haar lach niet inhouden.

Opeens verscheen een dikke, ongeschoren man in beeld met een sigaret in zijn mondhoek. Robert herkende hem meteen als de vrachtwagenchauffeur die Eddie op het station had afgezet toen ze elkaar voor het eerst hadden ontmoet. Naast hem stond een slonzige vrouw met vette haren, gekleed in een trainingspak. Hij zag Eddie verstijven.

'Ach, we hebben allemaal toch wel eens wat rottigheid uitgehaald?' zei Eddies moeder. 'En waar gaat het nou helemaal over? Een boek? Bij ons thuis zijn boeken om de open haard mee aan te steken!'

Iedereen in de keuken keek voorzichtig vanuit zijn ooghoeken naar Eddie die als bevroren naar het scherm zat te staren.

Zijn vader wierp een vuile blik naar de camera en spuugde zijn sigaret uit. 'Dat jong heeft nooit gedeugd,' zei hij. 'Als hij zijn smoel nog thuis durft te vertonen, zwaait er wat.'

Even hing er een pijnlijke stilte in de keuken. Toen stond Eddie zo plotseling op dat zijn stoel met een klap achterover op de vloer viel en liep de keuken uit. Vanuit het raam zagen ze hoe hij de tuin in stormde en zo hard mogelijk tegen de muur begon te schoppen.

'Laat hem maar,' zei broeder Alfred zacht. 'Die muur kan wel tegen een stootje.'

Robert, Linda en Anne keken elkaar zwijgend aan. Ze wisten niet zo goed wat ze moesten zeggen.

Even later zaten ze allemaal weer rond de tuintafel. Eddie was inmiddels een beetje gekalmeerd, al had hij sinds de nieuwsuitzending niets meer gezegd. Er hing een ongemakkelijke stilte. Anne keek peinzend vanuit haar ooghoek naar Eddie en Linda wrong haar handen. De monniken zaten voor zich uit te staren.

Robert nam een slok van de zelfgemaakte limonade die broeder Herward had ingeschonken en wuifde een bij weg die om zijn hoofd zoemde. Toen ze de tv hadden uitgezet, had het hem even verbaasd dat niemand voorstelde om hun bezorgde ouders te bellen. Misschien had broeder Alfred gelijk. Misschien was het wel hun lot om in dit avontuur verzeild te raken.

'Nou...' zei broeder Egbert. 'Heeft iemand al een plan bedacht?'

Ze schudden hun hoofden.

'Grappig eigenlijk, als je erover nadenkt...' zei broeder Herward. 'De Orde van het Gouden Boek waakt al zo lang over de grimoire, en nu het dan eindelijk tijd is om actie te ondernemen, weten we niet wat we moeten doen.'

'En jullie wisten helemaal niet dat er iemand op het gouden boek aasde?' vroeg Robert.

Broeder Alfred schudde zijn hoofd. 'We hadden af en toe wel vermoedens... vreemde types die vragen stelden in het dorp of bij de abdij, bijvoorbeeld. Maar oude griezelverhalen trekken nu eenmaal vaak rare snuiters aan.'

Robert keek heel even naar Linda en Anne, die verlegen naar hem grijnsden.

'En vanavond breekt dus de hel los in Zwartbaai,' zei Eddie opeens. Het waren de eerste woorden die hij had gesproken sinds zijn uitbarsting.

'Misschien,' zei broeder Alfred. Hij zuchtte. 'Waarschijnlijk. Zie je, als iemand van plan is om duistere krachten te laten ontwaken, kan hij dat het beste doen op een nacht waarin de deur tussen deze wereld en de onderwereld toch al op een kier staat. Samhain, bijvoorbeeld – of zoals de mensen het tegenwoordig noemen: Halloween. Maar dat is pas in oktober. Midzomernacht is vanavond al.'

'Ik dacht dat midzomernacht een goede nacht was?' vroeg Anne. 'Om elfjes te zien en zo?' Ze klonk een beetje teleurgesteld.

'Dat klopt,' zei broeder Alfred, 'Als je in elfjes gelooft, tenminste. Maar tegelijkertijd is het een gevaarlijke nacht.'

'Waarom zitten we hier dan onze tijd te verspillen?' vroeg Eddie. Hij klonk boos. 'De hele wereld gaat vanavond misschien naar de knoppen en wij zijn de enigen die er iets aan kunnen doen!'

Broeder Egbert keek glimlachend naar de ronde tuintafel

waar ze omheen zaten. 'De ridders van de ronde tafel,' zei hij, 'klaar voor de strijd.'

Eddie sprong overeind van zijn stoel. 'En hier zitten jullie te kletsen over koetjes en kalfjes en elfjes! Wordt het niet eens tijd dat we kont gaan schoppen?'

'Haastige spoed is zelden goed,' zei broeder Egbert rustig.

'En aan tegeltjeswijsheid hebben we al helemaal niks!' zei Eddie.

De monniken fronsten even, maar zeiden niets.

'Ik ben het wel met je eens,' zei Robert, 'maar wat kunnen we doen? Naar de politie stappen?'

'Die zouden ons nooit geloven,' zei Linda.

'Die zouden ons in de gevangenis gooien,' zei Anne.

Eddie schoof het bord met koekjes dat midden op tafel stond opzij en keek naar de kranten die daar lagen.

'We hebben hulp nodig,' zei hij zachtjes. 'Hulp van iemand die ons misschien wél zal geloven.'

'Wie dan?' vroeg Robert.

Eddie raapte de bovenste krant op en liet hem aan de anderen zien.

Graaf Oostwoud lachte hun vriendelijk toe vanaf de voorpagina, waarop een artikel stond over een van de vele goede doelen die hij steunde.

'Graaf Oostwoud?' vroeg broeder Alfred verbaasd.

'O, ik vind hem zo knap,' zuchtte Anne.

'Waarom niet?' vroeg Eddie. 'Hij heeft de opgraving betaald waarbij het gouden boek gevonden is, dus hij zal vast wel mee willen werken aan het terugvinden van het boek. En denk eens aan al dat geld dat hij heeft! Als hij wil helpen, kan hij ons mannen leveren en speedboten en wapens en helikopters en...'

'Denk je niet dat hij ons bij de politie zal aangeven?' vroeg Robert. 'Hij denkt natuurlijk ook dat wij het boek hebben gestolen.'

'Robert heeft gelijk,' zei broeder Alfred. 'Hij zou ons nooit geloven.'

Anne keek dromerig naar de foto in de krant en wreef er met haar vinger overheen. 'Nee... dat geloof ik niet...' zei ze. 'Ik heb sterke gevoelens bij de graaf... ik voel een open geest... iemand die gelooft in het bovennatuurlijke...'

De monniken keken haar verbaasd aan, maar de anderen negeerden haar.

'Als jullie denken dat hij ons aan zal geven, ga ik wel alleen,' zei Eddie. 'Hij woont vlak buiten Zwartbaai. Dat weet ik zelfs, ook al heb ik nog nooit een boek gelezen.'

'Wat heeft dat er nou weer mee te maken?' vroeg Robert een beetje boos.

Eddie haalde zijn schouders op. 'Niks. Ik weet niet.'

Robert besloot er niet op in te gaan en hield zijn mond.

'En als hij je toch aan de politie uitlevert?' vroeg Linda.

'Dan zijn jullie met zijn allen nog vrij om het boek terug te vinden,' zei Eddie. 'Ik zal jullie echt niet verraden.'

Hij grijnsde. 'En als de wereld vanavond toch begint te vergaan, zit ik tenminste veilig achter slot en grendel.'

Hoewel broeder Alfred aanbood om hen met de auto te brengen, vond Robert dat ze beter niet op de openbare wegen konden komen. Ze werden immers nog steeds gezocht door de politie.

Terwijl ze even later door de weilanden rond Zwartbaai liepen gaf Eddie, die inmiddels weer wat was opgevrolijkt, zich helemaal over aan zijn rol als bandiet op de vlucht. Als een echte roverhoofdman leidde hij hen door het landschap. Ze krabbelden hellingen op en af, moesten tussen hekken vol prikkeldraad door kruipen en toen ze een sloot overstaken, eiste Anne dat Eddie en Robert haar zouden dragen, zodat haar jurk niet nat werd. Halverwege hun tocht waren ze al uitgeput.

Toen ze de Oostklif hadden bereikt, vlakbij het afgelegen landgoed van de graaf, wierp Eddie zichzelf opeens voorover in het gras.

'Duiken!' riep hij.

De anderen keken verbaasd om zich heen en zagen een helikopter in hun richting vliegen.

Robert zuchtte. 'Volgens mij is het geen politiehelikopter, hoor.'

Eddie bleef op de grond liggen en begon de takken van een struik over zich heen te trekken. 'Ze willen juist dat je dat denkt,' zei hij. 'Ze schilderen hun politiehelikopters in een andere kleur zodat boeven zoals wij niks doorhebben en gemakkelijk gepakt kunnen worden.'

Anne giechelde. 'Volgens mij heb je te veel met Markus Fort gepraat.'

Meer om Eddie tevreden te stellen dan uit angst verborgen ze zich zo goed mogelijk in de schaduw van de struik en wachtten tot de helikopter voorbij was gevlogen.

Niets wees erop dat de piloot hen had gezien.

'Kunnen we nu verder lopen?' vroeg Robert. Hij kroop overeind. 'We hebben haast.'

De anderen stonden ook op en ze vervolgden hun weg.

'Weet je, ik vind het best geinig om een gezochte boef te zijn,' grijnsde Eddie terwijl hij naast Robert kwam lopen. 'Wat denk je, zouden er opsporingsposters van ons in het dorp hangen?'

Robert haalde zijn schouders op.

'Want als dat zo is, wil ik er graag eentje hebben,' zei Eddie grijnzend. 'Om op mijn kamer te hangen of om op school te laten zien.'

'Kijk daar eens!' zei Linda opeens. Ze wees naar de zandweg die ze op veilige afstand volgden. Door de struiken die hen afschermden van de weg zagen ze een auto voorbijrijden.

'Wat bedoel je?' vroeg Anne.

'Er zaten vier mensen met zwarte kleren in die auto,' zei Linda.

'Net als die mensen die naar het huis van de professor reden,' zei Robert terwijl hij zo voorzichtig mogelijk door de struiken naar de weg liep. De auto verdween over een heuvel.

'Misschien moeten we ze achtervolgen?' stelde Anne voor.

'Hoe dan?' vroeg Linda. 'We kunnen ze te voet nooit bijhouden.'

'Maar misschien zijn het de dieven!'

Robert dacht even na. 'Linda heeft gelijk,' zei hij. 'We kunnen ze toch niet bijhouden. Maar zo te zien gaan ze wel dezelfde kant op als wij.' Hij draaide zich om en liep verder. 'Laten we onderweg gewoon onze ogen openhouden. Misschien zien we ze dan nog een keer.'

Een half uur later zaten Robert, Linda en Anne in het gras op een heuvel die uitkeek op het landgoed van graaf Oostwoud. Ze hadden de auto met de zwartgeklede personen niet meer gezien. Nu zaten ze half verborgen onder de lange takken van een enorme dennenboom en keken naar Eddie, die naar de poort van het landgoed liep.

Een hoge muur met ijzeren punten en voorzien van beveiligingscamera's omringde een enorme tuin met grasvelden ter grootte van een voetbalveld en hier en daar een stenen fontein. Tussen de velden door leidde een breed grindpad naar een kast van een huis, dat veel weg had van een paleis. Drie verdiepingen met talloze ramen keken uit over het landgoed dat er stil en verlaten bij lag.

Eddie bereikte de poort en heel even leek het erop dat hij zich om wilde draaien om naar de anderen te zwaaien. Toen zag hij de camera die vanaf de muur op hem was gericht en hij hield zich in. Hij drukte op de bel naast de poort.

'Het zal mij benieuwen,' zei Robert. Hij voelde zich niet op zijn gemak. Ze hadden weinig tijd, en hun enige plan was erg zwak. Als de graaf Eddie zou geloven, hadden ze inderdaad veel meer middelen tot hun beschikking, maar wat dan? Zelfs met honderd helikopters en zestig speedboten hadden ze nog geen flauw idee waar ze moesten zoeken. Misschien was het boek niet eens meer in Zwartbaai.

'De poort gaat open,' zei Anne zachtjes.

Gespannen keek Robert toe hoe de enorme ijzeren poort als uit zichzelf openging en Eddie het grindpad naar het huis op liep. Hij zag er erg klein uit tussen de uitgestrekte velden.

De poort viel met een galmende klap achter hem dicht.

Robert wist niet waarom, maar hij voelde een rilling over zijn rug lopen.

'En nu maar afwachten,' zei Linda.

Hoofdstuk 12

De erfenis van Svartwolder

Eddie zat in zijn eentje op een stoel in een kamer van het landhuis van graaf Oostwoud. Hoewel de zon nog lang niet onder was gegaan, was het schemerig in de kamer. Het enige licht kwam van kaarsen, die door de hele kamer waren verspreid.

Hij keek om zich heen naar de gouden en zilveren bekers die dicht tegen elkaar stonden op planken aan de muren. Het waren allemaal sporttrofeeën. Kampioen hardlopen, kampioen snowboarden, kampioen zeilen... Het leek wel alsof de graaf de succesvolste sportman aller tijden was.

'Ik win altijd,' klonk opeens een kalme stem achter hem.

Eddie draaide met een ruk zijn hoofd om en zag een goedgeklede man met golvend haar in de deuropening staan.

De man keek over Eddies hoofd heen naar de trofeeën. 'Winnen is waar het leven om draait,' zei hij. 'Winnaars schrijven geschiedenis en vormen de wereld naar hun eigen ontwerp.' Hij sloot de deur achter zich en begon de kamer in te wandelen. 'Verliezers worden vertrapt en door de geschiedenis vergeten.'

Graaf Oostwoud bleef vlak naast Eddie staan en keek hem nu voor het eerst aan. 'Jij,' zei hij, 'bent een verliezer.'

Eddie probeerde achteruit te schuiven, maar hij was te stevig aan de stoel vastgebonden.

'Hij blijft veel te lang weg.' Linda keek bezorgd uit over het landgoed. De zon stond recht boven hun hoofd, dus het was al middag.

'Misschien heeft de graaf toch de politie gebeld,' zei Anne nerveus.

Robert schudde zijn hoofd. 'Dan zou er wel een politieauto zijn gekomen.' Hij veegde het zweet van zijn voorhoofd. Het was een erg warme dag.

'Ik snap er niets van,' zei Linda. 'Eddie zou ons komen halen als de graaf hem geloofde.'

Robert dacht even na. 'Jij hebt je mobiel toch bij je?' vroeg hij aan Anne. 'Bel de monniken even op om hun om raad te vragen. Broeder Alfred had toch een telefoon?'

'Ik heb zijn nummer niet,' zei Anne.

Robert zuchtte. 'We hebben het goed voorbereid, zeg! Arme wereld, als wij die moeten redden...' Hij kwam voorzichtig overeind zodat hij niet gezien kon worden vanuit het huis. 'Ik ga terug naar de monniken,' zei hij vastberaden. 'Misschien hebben zij een idee.'

Robert kroop langs de heuvel naar beneden. Op het grasveld naast de zandweg draaide hij zich om. 'Wachten jullie hier,' zei hij. 'Ik probeer zo snel mogelijk terug te komen.'

Terwijl Anne en Linda vanachter de struiken het landgoed in de gaten bleven houden, rende Robert door de weilanden naar het huis van de monniken, aan de andere kant van het dorp.

'Ik zie dat mijn personeel je gastvrij heeft ontvangen,' glimlachte de graaf vriendelijk. 'Mijn excuses dat ik even op me liet wachten, maar ik heb het erg druk vandaag. Belangrijke nacht vanavond, zie je?' Hij lachte de plezierige lach die volgens de roddelpers al talloze filmsterren en fotomodellen had ingepalmd. 'Maar dat weet jij allang, natuurlijk.'

'Ik weet helemaal niets!' zei Eddie. 'Ik kwam hier gewoon om... om...'

'Verspil mijn tijd niet,' zei de graaf terwijl hij een kastje aan de wand opende. 'We weten allebei waarom je hier bent. Ik herken je gezicht.' Hij haalde een fles wodka tevoorschijn en schepte wat ijs uit een emmer in een glas. 'Waar zijn je vriendjes?' vroeg hij.

'Vriendjes?' vroeg Eddie. 'Waar hebt u het o...'

De graaf zette zijn glas neer en dook opeens op hem af. Hij greep een handvol van Eddies haar en hield zijn gezicht vlak bij het zijne. Alle hoffelijkheid was verdwenen. 'Ik heb je gezegd mijn tijd niet te verspillen!' siste hij.

Hij liet Eddies haar los en liep terug naar zijn glas. 'Mijn mannen houden jullie al in de gaten sinds de dag waarop jullie je tenten bij de abdij opsloegen. Er gebeurt niets in Zwartbaai zonder dat ik het weet.' Zijn vriendelijke glimlach keerde terug. 'Jullie hadden mijn personeel bijna betrapt in professor Swalms huis. Toen ze jullie hoorden, gingen die lafaards er zo snel vandoor dat ze mijn dode hand achterlieten.' Hij schudde zijn hoofd. 'Onvergeeflijk. Vanzelfsprekend zijn ze gestraft.'

Hij goot zijn glas vol wodka en borg de fles weer op. 'Maar waar zijn mijn manieren? Wil jij misschien ook iets drinken? Chocolademelk? Ranja?'

'Doe mij maar een biertje,' zei Eddie met een geforceerde grijns.

De graaf schudde zijn hoofd. 'Je bent nog te jong om te drinken,' zei hij zo serieus dat Eddie zich even afvroeg of hij het echt meende.

Graaf Oostwoud nam een slok en keek Eddie peinzend aan. 'Eigenlijk heb ik geen tijd om gasten te ontvangen, maar iets aan jou en je vriendjes fascineert me. Ik weet niet wat en waarom, en om heel eerlijk te zijn zit me dat dwars. Ik ben er niet aan gewend om dingen niet te weten.'

'Je wist anders ook niet waar het gouden boek verborgen lag!' zei Eddie. Het was spottend bedoeld, maar zo kwam het er niet uit.

De graaf lachte. 'Nee, dat heeft me heel wat jaren gekost.

Maar met een beetje doorzettingsvermogen kun je alles bereiken.'

Hij wandelde op Eddie af en gaf hem een vriendelijke schouderklop. 'Eigenlijk heb ik het allemaal aan mijn vader te danken,' grijnsde hij. 'Al sinds mijn geboorte leerde hij me dat niets zo belangrijk is als winnen. "Jongen," zei hij altijd, "het maakt niet uit hoe, of hoeveel slachtoffers er moeten vallen, maar zorg altijd dat je de winnaar bent." Ik herinner me nog de eerste keer dat ik met mijn vriendjes op fazanten ging jagen in het bos. Mijn achtste verjaardagsfeestje. Raad eens wie er met de meeste vogels thuiskwam?'

Eddie zuchtte. 'Een van je vriendjes?'

De graaf lachte. 'O, jij kleine lefgozer. Zo dapper en zo dom.'

Hij nam een slok van zijn drankje. 'Ik, natuurlijk. O, het kostte wat slachtoffers en mijn vriendjes zijn nooit meer teruggezien, maar ik was de winnaar.'

'En wat heeft dit allemaal met het gouden boek te maken?' vroeg Eddie, die zijn best deed om zich dapperder voor te doen dan hij zich voelde.

'Dankzij datzelfde doorzettingsvermogen heb ik het boek gevonden,' zei de graaf. 'Na al die jaren ben ik degene die eindelijk het familiegeheim heeft opgelost.'

'Familiegeheim?' vroeg Eddie verbaasd.

De graaf knikte. 'De plek waar graaf Svartwolders grimoire verborgen lag,' zei hij.

'Waarom is dat een familiegeheim?' vroeg Eddie.

De graaf keek hem verwonderd aan. 'Hebben jullie dat nog niet ontdekt?' Hij zette zijn glas op een tafel en pakte Eddie bij zijn schouders. Met een ruk draaide hij hem met stoel en al naar de muur waar hij met zijn rug naartoe had gezeten. Daar hing een schilderij in een gouden lijst, met links en rechts kandelaars waarin zwarte kaarsen brandden.

Eddie herkende het portret meteen. Het was het schilderij

dat ze op de computer van Markus Fort hadden gezien. Het portret van graaf Svartwolder.

Graaf Oostwoud liep naar het schilderij toe. 'Zie je geen overeenkomst?' vroeg hij.

Eddie schudde zijn hoofd.

De graaf ging naast het schilderij staan, zette een maniakale grijns op en sperde zijn ogen open. Nu zag Eddie het meteen. Graaf Svartwolder en graaf Oostwoud leken sprekend op elkaar.

'Mijn voorouder,' zei de graaf en hij glimlachte naar het schilderij. 'De familie heeft zijn naam in de achttiende eeuw veranderd vanwege de slechte reputatie van de Svartwolders.'

Hij liep terug naar Eddie en pakte zijn glas weer op. 'Ik las over de grimoire van Svartwolder in een stapel oude familiepapieren die mijn vader me naliet. Omdat ik altijd al geïnteresseerd was in het bovennatuurlijke, net als jij en je vriendjes, zag ik meteen de mogelijkheden. Mijn familieleden geloofden niet in wat ze "de rare hersenspinsels van de gekke graaf" noemden, maar ze hadden dan ook niet mijn visie. Ik wist dat ik met het boek in mijn bezit onoverwinnelijk zou zijn.' Hij nam een slok. 'Sinds die dag was het vinden van de grimoire mijn levensdoel. Ik had altijd al het vermoeden dat de monniken het boek hadden gestolen nadat ze mijn voorouder hadden vermoord, maar ik kwam er pas onlangs achter dat ze het ergens in de abdij hadden begraven. Een van de monniken had er aan het einde van de achttiende eeuw over geschreven in een erg zeldzaam geschrift dat ik wist op te sporen in een klooster op Sardinië. Erg dom van die monnik. Misschien dacht hij dat de Svartwolders waren uitgestorven. Hoe dan ook...' Hij grinnikte. 'Slecht voor de monniken, goed voor mij. Opeens kreeg ik het idee: een opgraving, een goed doel. De regering zou dat nooit weigeren. Niet als er arme studentjes geholpen konden worden. Ik zond de jonge gravers en die argeloze professor erop uit als mijn dienstboden, mijn wil uitvoerend zonder dat ze het wisten. En nu is de grimoire dan eindelijk in mijn bezit.'

'Gefeliciteerd,' mompelde Eddie.

'Dank je,' grijnsde de graaf.

Hij begon weer door de kamer te ijsberen. 'Na een jarenlange studie van de zwarte kunsten weet ik hoe ik de krachten die in de grimoire schuilen onder mijn bevel kan brengen. Niemand, zelfs niet graaf Svartwolder, heeft ooit geweten hoe machtig de grimoire is.'

'En wat ga je met al die macht doen?' vroeg Eddie op verveelde toon. Hij keek naar de trofeeën aan de muur. 'Ga je die gebruiken om wereldkampioen ballonvaren te worden of zo?'

De graaf glimlachte. 'Ik ben al wereldkampioen ballonvaren,' zei hij. Hij stapte op Eddie af en boog zich over hem heen. 'Nee, brutale snotaap, mijn ambities gaan verder dan dat. Veel verder. Met de grimoire van Svartwolder in mijn bezit zal de wereld aan mijn voeten liggen. Regeringen zullen vallen als dominostenen en wereldleiders zullen mijn voeten kussen.' Stralend klapte hij in zijn handen. Hij leek meer dan ooit op het portret van zijn maniakale voorouder. 'Het wordt prachtig! De zeeën zullen koken, de lucht zal zwart zijn als as en de maan rood als bloed! En ik zal als enige regeren over die nieuwe wereld!'

'Ieder zijn hobby,' mompelde Eddie.

De graaf grinnikte. 'Jij amuseert me,' zei hij. 'Je hebt lef en durft te zeggen waar het op staat.' Hij liep naar een koord dat naast de deur hing en trok eraan. 'Ik kan jou goed gebruiken, jongen. Jij zult een grote rol spelen in de komst van de nieuwe wereldorde.'

Terwijl Eddie zich zat af te vragen of de graaf hem zojuist een baantje had aangeboden, ging de deur open. Een kleine, dikke vrouw met een gezicht als een gedroogde appel stapte de kamer binnen. Haar bruine haren waren in een knotje gebonden en ze droeg een ouderwetse zwarte jurk. Vanuit haar gerimpelde gezicht keken twee kleine kraalogen Eddie nieuwsgierig aan.

Een rilling liep over Eddies rug.

'U hebt gebeld?' vroeg ze aan de graaf.

Die knikte haar vriendelijk toe en wandelde op haar af. 'Ja, inderdaad.' Hij wees naar Eddie. 'Mevrouw Blumenweide, dit is Eddie: de hoofdrolspeler in de festiviteiten vanavond.'

De vrouw keek Eddie blij verrast aan. Haar blik was hongerig als een wild beest dat een prooi ziet.

Eddie moest zich, niet voor de eerste keer sinds hij gevangen was genomen, vermannen om geen angst te tonen.

Mevrouw Blumenweide liep met kleine stappen op hem af, haar hongerige ogen constant op hem gericht. 'Dus we hoeven niet meer te zoeken?' vroeg ze.

De graaf schudde zijn hoofd. Hij glimlachte nog steeds alsof ze gezellig op een feestje stonden te kletsen. 'Nee, ik heb de mannen al teruggeroepen. We hebben onze hoofdrolspeler. Hij is zelf aan komen lopen, precies op tijd voor zijn entree.'

Eddie voelde zich met de seconde minder dapper, vooral nu de onplezierige vrouw zich over hem heen boog, hem nog steeds aanstarend met haar donkere kraalogen.

'Zorg ervoor dat hij vanavond gereed is,' zei de graaf. 'Ik heb nog werk te doen. We hebben niet veel tijd meer.' Hij draaide zich om en liep naar de deur.

Eddie was bang geweest van de graaf, maar achtergelaten worden met mevrouw Blumenweide vond hij nog veel angstaanjagender.

'Wat ben je met me van plan?' riep hij de graaf met overslaande stem na.

Graaf Oostwoud bleef met zijn hand op de klink staan en keek om. 'Mijn ongelukkige voorouder graaf Svartwolder heeft ondanks zijn jarenlange studie nooit uitgedokterd hoe hij het gouden boek kon gebruiken,' zei hij. 'Maar ik heb het geheim ontdekt.' Hij grijnsde. 'Wat ik nodig heb om de grimoire tot leven te wekken... is kinderbloed.'

Robert rende met zijn laatste krachten op het huis van de monniken af. Uitgeput strompelde hij naar de voordeur en belde aan. Hij had steken in zijn zij en stond tegen de muur geleund naar adem te happen.

Het duurde even voor broeder Alfred de deur opendeed. 'Robert!' zei hij verrast. 'Nu alweer terug? Waar zijn...'

'Eddie...' hijgde Robert.

'Wat is er met Eddie?' vroeg broeder Alfred bezorgd. Hij legde een hand op Roberts schouder. 'Kom binnen en drink een kopje thee, dan kun je me rustig vertellen wat er aan de hand is.'

Robert schudde zijn hoofd en veegde het zweet van zijn gezicht. 'Geen tijd,' zei hij. 'Eddie is niet meer teruggekomen uit het huis van de graaf.'

'Misschien heeft de graaf hem aangegeven bij de politie,' zei de monnik zo snel dat het leek alsof hij niet anders had verwacht.

'Nee,' zei Robert. 'Dat geloof ik niet. Er is geen politieauto gekomen.'

Broeder Alfred wreef peinzend over zijn kin. 'Mmh, dat is inderdaad vreemd. Maar het lijkt me sterk dat de graaf niet te vertrouwen is. Hij is een van de grootste weldoeners ter wereld.'

'Misschien,' zei Robert, 'maar het zit me helemaal niet lekker. Ik heb een erg slecht voorgevoel.'

Broeder Alfred keek naar de vlinders die in de gouden stralen zonlicht tussen de struiken fladderden. 'Voorgevoelens mogen we niet negeren,' zei hij peinzend. Hij keek omhoog naar de zon die nu langzaam aan zijn tocht naar beneden was begonnen. 'Vooral niet tijdens de laatste uren voor midzomernacht.'

Hij pakte Robert bij zijn schouder en trok hem mee naar binnen. 'Kom,' zei hij. 'We moeten ons klaarmaken. De strijd tussen goed en kwaad staat op het punt om los te barsten.'

Hoofdstuk 13

Een midzomernachtmerrie

De zon begon langzaam weg te zakken boven Zwartbaai en wierp steeds langere schaduwen over het dorp. Toeristen stroomden massaal vanaf het strand de straatjes in, met handdoeken om hun halzen, zand in hun haar en ruikend naar zonnebrandolie, op zoek naar een gezellig restaurantje voor het avondeten.

Geen van hen voelde de vreemde spanning die in de straten hing of de drukkende warmte die een storm leek aan te kondigen. Maar de oude mensen, wiens bloed en zweet al generaties lang met het dorp en de zee verbonden waren, voelden dat er onheil naderde.

In de haven schudden oude mannen hun verweerde hoofden en wierpen grimmige blikken op de zee, waarboven zo nu en dan een vage bliksemschicht oplichtte. Rond de vuurtoren werden de golven langzaam maar zeker hoger, hoewel het volledig windstil was.

Oude vrouwtjes haalden hun mannen binnen, sloten de luiken en begonnen te bidden. Ook zij kenden de verhalen die van generatie op generatie werden doorverteld. De schaduwen in de geschiedenis van het dorp en de gefluisterde waarschuwing, van vader op zoon en van moeder op dochter, dat het kwaad slechts sliep.

Intussen aten de toeristen zich vol en maakten plannen om uit te gaan.

'Dit is een hele eer voor jou, lieve jongen,' zei mevrouw Blumenweide met een mierzoete glimlach.

Eddie gaf geen antwoord. Hij probeerde zichzelf al een

kwartier te bevrijden van de touwen waarmee hij was vastgebonden, maar het enige wat hij daarmee had bereikt was een brandende pijn in zijn polsen. Hij begon steeds banger te worden. Zouden zijn vrienden hem nog niet gemist hebben? Of dachten ze dat hij al door de politie was opgepakt?

'Meneer de graaf had er al mannen op uitgestuurd om een kind te vinden voor vanavond, maar het heeft zo moeten zijn,' zei mevrouw Blumenweide. 'Jij bent de uitverkorene.'

Ze had een koffertje op tafel gezet waarin ze nu stond te rommelen, haar rug half naar Eddie toegedraaid zodat hij niet kon zien wat ze aan het doen was. Hij probeerde wanhopig in de koffer te kijken, maar het was te schemerig in de kamer.

Toen mevrouw Blumenweide zijn bezorgde blik zag, kwam ze op hem af gelopen. Ze rook naar sigaretten en goedkoop parfum dat Eddie deed denken aan het bejaardentehuis waarin zijn oma was doodgegaan, jaren geleden.

'Wees maar niet bang, jongen,' zei mevrouw Blumenweide. Ze aaide over zijn hoofd. 'Het komt allemaal goed.'

Eddie wilde iets terugzeggen, bij voorkeur iets beledigends over haar gerimpelde gezicht of haar ouderwetse jurk, maar zijn mond was te droog. Om een of andere reden joeg mevrouw Blumenweide hem de stuipen op het lijf.

'Ik heb zelf nooit kinderen gehad,' zei ze terwijl ze terugliep naar haar koffertje, 'hoewel ik dolgraag moeder zou zijn.' Ze zuchtte. 'Maar ja, de graaf...' Ze staarde even dromerig voor zich uit. 'De graaf heeft het te druk,' zei ze vastberaden.

Eddie schraapte zijn keel en vond zijn stem weer terug. 'Of misschien wil hij geen kinderen met een verschrompelde oude aardappel,' zei hij.

Mevrouw Blumenweide keek heel even gekwetst. Toen schudde ze haar hoofd en ging verder met het gerommel in haar koffertje.

'De graaf is een goede man,' zei ze. 'En ik heb zijn toestemming gekregen om jou te helpen.'

'Te helpen?' vroeg Eddie wantrouwig. 'Wat bedoel je?'

Mevrouw Blumenweide glimlachte. 'Ik hou te veel van kinderen om ze pijn te laten lijden,' zei ze zachtjes.

'Maak dan snel die touwen los,' zei Eddie, 'en laat me gaan.'

Ze negeerde hem. 'Ik beloof je dat je geen pijn zult hebben.' Ze draaide zich om en Eddies hart sprong in zijn keel toen hij zag dat ze een enorme injectienaald in haar hand hield. Langzaam begon ze op hem af te lopen, zachtjes een slaapliedje neuriënd.

Eddie raakte in paniek. Hij zette zich af tegen de grond en de stoel schoot naar achteren. Met een klap raakte zijn hoofd de muur en de wereld begon om hem heen te draaien. Dwars door de draaiende kamer zag hij de gruwelijke vrouw steeds dichterbij komen, de glimmende naald vooruitgestoken en nog steeds dat slaapliedje neuriënd.

Slaap kindje, slaap...

Eddie zette zich schrap tegen de muur.

Daar buiten loopt een schaap...

Mevrouw Blumenweide boog zich over hem heen als een oma uit de hel, haar ogen opengesperd en haar mond verwrongen in een krankzinnige glimlach. De naald gleed op hem af.

Een schaap met witte voetjes...

Zonder erbij na te denken trapte Eddie mevrouw Blumenweide met al zijn kracht van zich af.

Met een gil viel ze achterover tegen de tafel en de naald viel op de grond.

Eddie zat met een bleek gezicht tegen de muur gedrukt. Hij ademde snel en keek angstig toe hoe de vrouw langzaam overeind krabbelde. Ze trok haar jurk recht en keek hem aan. De mierzoete glimlach was verdwenen.

'Zoals je wilt,' zei ze. 'Dan maar geen verdoving voor jou.'

129

'Het is al avond,' zei Linda gespannen. 'Waar is Robert gebleven?'

Anne haalde haar schouders op en keek naar het landhuis van de graaf. Lange schaduwen vielen nu over de grasvelden. Midzomeravond was aangebroken.

'Ik weet het niet,' zei ze. 'Maar ik voel dat er iets helemaal niet in orde is.'

'Hebben de geesten je dat verteld?' vroeg Linda een beetje geïrriteerd.

Anne keek haar beledigd aan. 'Begin jij nu ook al? Niemand gelooft me ooit!'

'Eens even kijken,' zei Linda. 'Het was Robert die een voorgevoel had vlak voordat het boek werd gestolen, niet jij. En was jij niet degene die een goed gevoel had over graaf Oostwoud?'

Anne sloeg haar armen over elkaar en keek nors een andere kant op. 'Dat had ik ook,' zei ze. 'En nog steeds. Ik voel aan dat de graaf een open geest heeft en dat hij openstaat voor het bovennatuurlijke.'

Linda zuchtte. 'Mij best, wat jij zegt...'

Anne wierp haar een onvriendelijke blik toe. 'Ik vond je aardiger toen je nog verlegen was.'

Linda keek haar heel even met open mond aan. Toen draaide ze haar rug naar Anne toe en ging zwijgend voor zich uit zitten staren.

Na een paar minuten stilte draaide ze zich weer om. 'We hebben geen tijd om ruzie te maken,' zei ze vastberaden. 'Het is bijna donker.'

'Heb je dan een plan?' vroeg Anne.

'Misschien kunnen we over het hek klimmen om te kijken waar Eddie blijft?' zei Linda.

Anne keek naar de scherpe ijzeren punten boven op het hek en schudde haar hoofd. 'Ik vind dat we Robert erbij moeten halen,' zei ze. 'Laten we teruggaan naar het huis van de monniken.'

'Nee, dat zou te lang duren,' zei Linda. 'En ik wil Eddie niet aan zijn lot overlaten.'

'Misschien kunnen we beter opsplitsen,' mompelde Anne. 'Ik ga terug naar de monniken om Robert te zoeken en jij...'

'Wacht!' zei Linda opeens. 'Er gebeurt iets bij het huis.'

Ze tuurden vanaf hun heuvel over de muur en zagen in de verte een stoet mensen het landhuis verlaten.

'Wat zullen we nou krijgen?' vroeg Anne verbaasd.

Sommige mensen in de stoet droegen fakkels en zo te zien waren ze allemaal in het zwart gekleed.

'Fakkels?' mompelde Linda. 'Is de graaf soms vergeten zijn elektriciteitsrekening te betalen...'

Onder de steeds donker wordende hemel waarin zich grijze stormwolken samenpakten, trok de stoet langzaam over het landgoed. Ernaast reden in zwart leer gehulde motorrijders. Het zwakke geluid van de motoren dreef naar hen toe over de grasvelden, vermengd met het gerommel van het naderende onweer.

Linda wist niet waarom, maar haar hart begon als een razende te bonzen. Ze merkte nu pas hoe stil het om hen heen was. Alsof het land zijn adem inhield. Zelfs de vogels floten niet.

Anne klampte haar opeens vast. 'Linda!' fluisterde ze. 'Is dat...?'

'Wat?' vroeg Linda.

'In het midden van de stoet,' zei Anne met een trillende stem.

Linda kneep haar ogen samen en schrok. Tussen de zwartgeklede gedaantes zag ze een gestalte lopen die kleiner was dan de rest en een rood shirt aanhad.

'Het is Eddie!' fluisterde Anne. 'Dat moet wel!'

Ze wisten dat ze gelijk hadden toen ze zagen hoe de kleine gestalte het opeens op een lopen zette, maar al snel bij zijn kraag werd gepakt.

'We moeten over dat hek komen,' zei Linda. 'Om hem te redden.'

'Maar hoe?' vroeg Anne. Ze was lijkbleek. 'We moeten de monniken erbij halen. En Robert. We kunnen dit niet alleen.'

'We zullen wel moeten,' zei Linda. 'We hebben geen tijd om hulp te halen.'

Ze begon voorovergebogen naar beneden te kruipen, verborgen in het hoge gras. Anne bleef haar even zenuwachtig nakijken, toen sloop ze achter haar aan.

In de verte zwol de donder aan.

Opeens bleef Linda stilzitten, waardoor Anne tegen haar opbotste. 'Kijk!' fluisterde ze. 'Ze verlaten het terrein.'

De stoet liep nu door een poort aan de andere kant van het landgoed en verdween langzaam in de donkere bossen die tot aan het hek reikten.

'Dat zijn de bossen op de Oostklif!' zei Linda. 'De bossen waar...'

'Waar wat?' vroeg Anne.

Linda rilde. 'De bossen waar vroeger het huis van graaf Svartwolder stond.'

Na een korte, gehaaste tocht over een landweggetje dat naar de Oostklif liep, bereikten ze de rand van het bos. Even stonden ze twijfelend stil.

Achter hen in de vallei lag Zwartbaai er bedrieglijk rustig bij. De zon was zojuist weggezakt achter de abdijruïne en in het water van de haven dansten de weerspiegelingen van de lampjes van het dorp. Een flard muziek dwarrelde langs de klif naar boven als een vage herinnering aan licht, leven en plezier. Het nachtleven in Zwartbaai was begonnen.

Voor hen lag het bos – duister, kil en onheilspellend. Tussen de bomen was het pikdonker. Linda rilde toen ze zag hoe kaal de bomen waren, terwijl het midden in de zomer was.

'Wat nu?' vroeg Anne.

'Nu gaan we op zoek naar Eddie,' zei Linda. Ze stapte vastberaden tussen de bomen en verdween in de duisternis. Anne haalde diep adem, wierp een laatste verlangende blik op de lichtjes van het dorp en volgde haar.

De bosgrond was bedekt met afgebroken takken en ze moesten voorzichtig zijn om zo min mogelijk geluid te maken, wat gemakkelijker gezegd was dan gedaan.

Waar ze precies naartoe liepen wist Linda eigenlijk niet. Ze hoopte maar dat het bos niet al te groot was en dat ze Eddie en zijn bewakers, wie dat ook waren, vanzelf tegen het lijf zouden lopen. Wat ze dan moesten doen wist ze nog niet, maar alles was beter dan hulpeloos afwachten.

Toen ze een tijdje hadden geslopen, zag Linda opeens lichtjes in de duisternis.

'Daar!' fluisterde ze.

Samen gluurden ze door de struiken, maar ze waren nog te ver weg om iets te zien.

'Zullen we dichterbij sluipen?' vroeg Anne nerveus.

Linda knikte, hoewel Anne dat in het donker niet kon zien, en sloop verder, dichter naar de lichtjes toe. Ze konden nu mompelende stemmen horen.

Al snel bereikten ze de rand van een open plek in het bos, waar ze plat op hun buik op de grond gingen liggen. Tussen de struiken door zagen ze een groep vreemde figuren in zwarte gewaden staan, verlicht door de brandende fakkels in hun handen.

Anne tilde voorzichtig haar hoofd op om meer te kunnen zien, maar Linda trok haar met een ruk naar de grond.

'Au!' fluisterde Anne. 'Wat…?'

'Ssst!' Linda legde een vinger op haar mond en wees naar een boom rechts voor hen.

Anne volgde haar blik en zag een van de motorrijders tegen de boom geleund staan; het licht van de fakkels weerkaatste op de helm die hij in zijn handen droeg. Toen ze met hun ogen de rand van de open plek volgden, zagen ze dat de motorrijders verspreid stonden om de wacht te houden. De figuren in de zwarte gewaden stonden te kijken naar een berg oude stenen, overwoekerd met onkruid en doornstruiken. Het leek erop dat ze ergens op wachtten.

Eddie was nergens te bekennen.

Linda rilde. Ze besefte dat de overwoekerde stenen de resten van het huis van graaf Svartwolder moesten zijn. De plek voelde kwaadaardig, alsof de geest van de oude magiër er nog steeds rondwaarde. Af en toe keek ze zenuwachtig over haar schouder, half verwachtend het spook achter haar te zien staan, bleek en grijnzend met ingevallen wangen en holle ogen.

De mensen rond de ruïne begonnen nu zacht te zingen. Het was een vreemde, bijna hypnotiserende melodie. Een duivels slaapliedje. Toen de zangers harder begonnen te zingen en hun armen de lucht in staken, stapte opeens een man in een zwart pak uit de duisternis tevoorschijn en bleef vanaf een half ingestorte muur op de groep neer staan kijken.

'Graaf Oostwoud!' fluisterde Anne geschrokken. Ze trok snel haar hoofd naar beneden en keek naar de bewaker die vlak bij hen stond, maar hij had niets gehoord.

Het lied eindigde in een bijna hysterische gil en graaf Oostwoud spreidde zijn armen. Het werd doodstil.

'Volgelingen!' riep de graaf. 'Ik breng jullie op deze midzomernacht bijeen in de ruïnes van mijn voorvaderlijk huis om het begin van een nieuw tijdperk in te luiden!'

Zijn volgelingen applaudisseerden enthousiast.

'Driehonderd jaar geleden werd op deze plek de grimoire van Svartwolder gestolen,' zei de graaf terwijl hij van de muur sprong en langzaam naar een soort altaar van op elkaar gestapelde stenen liep. 'Hoe toepasselijk dat we op deze zelfde plek eindelijk de verborgen krachten van het boek zullen bevrijden.'

Hij gaf een teken aan een van zijn volgelingen, die eerbiedig naar het altaar liep met een in zwarte stof gewikkeld voorwerp in zijn armen geklemd. Hij legde het op de stapel stenen en nam zijn plek tussen de anderen weer in.

De graaf stapte naar het altaar en begon de zwarte stof af te wikkelen. Een zacht gefluister, vol ontzag, gleed door de omstanders toen de grimoire van Svartwolder tevoorschijn kwam.

Het licht van de vlammen danste op het goud en een bliksemschicht verlichtte heel even de open plek. Het bos leek te zuchten.

'Het gouden boek!' fluisterde Anne geschrokken.

De graaf gooide zijn hoofd achterover en lachte. 'Breng het offer naar voren!' riep hij.

Vanuit de struiken kwam een dikke vrouw met een gerimpeld gezicht tevoorschijn die een vastgebonden gevangene meesleurde.

Anne en Linda grepen elkaar geschrokken vast toen ze Eddie herkenden. Hij zag er angstig uit, maar leek verder ongedeerd.

'Bloed!' riep de graaf, en zijn volgelingen kwamen langzaam dichterbij gelopen. 'Bloed betekent leven voor de grimoire!'

'We moeten iets doen!' fluisterde Linda. Ze keek opzij naar Anne, die verstijfd van angst zat toe te kijken, haar mond half openhangend.

Linda's verlegenheid was helemaal verdwenen. Ze wist dat

er actie ondernomen moest worden, en wel nu meteen. En dat zij de enigen waren die Eddie, en misschien zelfs de hele wereld, konden redden.

'Ik ga zijn motor stelen,' fluisterde ze, terwijl de graaf een hele stortvloed aan vreemde, magische woorden begon te schreeuwen die werden herhaald door zijn volgelingen. Het ritueel was begonnen.

'Welke motor?' fluisterde Anne. Ze klonk als een verdwaald klein meisje dat haar moeder miste.

'Zíjn motor,' antwoordde Linda. Ze wees naar de bewaker die met zijn rug naar hen toe tegen de boom stond geleund.

'Kun jij dan motor rijden?' vroeg Anne.

Linda knikte. 'Van mijn broer geleerd.'

'Je broer?' vroeg Anne. 'Ik dacht dat je geen broers of zussen had?'

'Heb ik ook niet,' zei Linda ongeduldig. 'Niet meer. Maar we hebben nu geen tijd.'

'Niet meer?' vroeg Anne. 'Wat is er dan met hem gebeurd?'

Linda aarzelde even. 'Hij is een paar jaar geleden overleden.'

'O, het spijt me,' zei Anne.

'Geeft niet,' zei Linda. Ze begon met haar handen over de grond te zoeken.

'Wat is er met hem gebeurd?' vroeg Anne opnieuw, die wanhopig op zoek leek naar afleiding.

'Motorongeluk,' mompelde Linda. Ze raapte een dikke tak op en negeerde Annes geschrokken piepgeluid. 'Ik ga hem neerslaan,' zei ze, 'en daarna steel ik zijn motor.'

'Dat lukt nooit!' fluisterde Anne. 'Meisjes kunnen geen volwassen mannen neerslaan! Dat kan alleen in boeken en films.'

'Heb jij dan een beter idee?'

136

Anne staarde even zwijgend naar de open plek, waar de graaf nog steeds vreemde spreuken uitsprak terwijl hij met beide armen gebaren in de lucht maakte.

'We kunnen hem niet aan de rand van de open plek neerslaan,' fluisterde ze toen. 'Ik heb een idee. Blijf jij hier zitten en wacht je kans af.'

Voordat Linda kon vragen wat ze van plan was, kroop Anne voorzichtig overeind en sloop het bos in. Al snel was ze in de duisternis verdwenen.

Linda begon zich net af te vragen of ze er misschien vandoor was gegaan toen ze opeens een zacht gefluit hoorde. Ze dook snel naar beneden toen de motorrijder zich met een ruk omdraaide.

Hij had het geluid ook gehoord. Terwijl het ritueel doorging, liep de bewaker langzaam het bos in, vlak langs Linda.

Ze hield zich zo dicht mogelijk tegen de grond gedrukt, haar adem ingehouden, hopend dat hij haar niet zou zien. Ze kon hem moeilijk neerslaan als ze op de grond lag.

Ze snapte Annes plan nu. De bewaker was weggelokt van de rand van de open plek. Maar wat als hij Anne vond voordat Linda de kans kreeg om hem neer te slaan...?

Ze besloot dat ze daar niet op wilde wachten. Voorzichtig kroop ze overeind en sloop zo zacht mogelijk achter hem aan, de dikke tak met twee trillende handen vasthoudend. Gelukkig was Linda een goede sluiper. Een van de weinige voordelen van verlegen zijn is dat je heel goed wordt in jezelf onzichtbaar maken.

Ze zag de motorrijder met zijn rug naar haar toe stilstaan tussen de bomen, turend in de richting waarin Anne was verdwenen. Het was nu of nooit.

Linda haalde diep adem en sprong naar voren. Met al haar kracht sloeg ze de man op zijn achterhoofd. Het voelde helemaal niet zo stoer als het er in de films uitzag.

De man draaide zich om, wreef over zijn achterhoofd en begon te vloeken.

'Wat moet dat hier?' vroeg hij toen. 'Wie ben jij?'

Linda strompelde achteruit. Waarom was hij nou niet bewusteloos neergevallen? Ze gaf geen antwoord op zijn vragen, maar schudde alleen haar hoofd.

'Ik vroeg je wie je bent!' zei de man. Hij greep Linda's kraag vast en trok haar naar zich toe.

'Geef antwoord, of ik...'

Maar voor hij zijn zin kon afmaken, hoorde Linda een doffe klap en de man begon op zijn benen te zwaaien.

Anne stond achter hem, de tak waarmee ze hem had geslagen in haar trillende hand.

Linda greep meteen haar kans. Ze zwaaide haar eigen tak omhoog en sloeg opnieuw tegen zijn hoofd.

Deze keer viel de man met een heleboel gekraak in het dorre hout op de grond en bleef bewegingloos liggen.

Anne liet de tak vallen alsof hij gloeiend heet was en hield haar handen voor haar mond. Zo te zien stond het huilen haar nader dan het lachen.

'Hij is toch niet dood?' fluisterde ze paniekerig.

Linda boog zich met bonzend hart over de bewaker heen.

'Nee, hij is alleen bewusteloos,' fluisterde ze opgelucht. Ze voelde zich misselijk en hoopte dat ze nooit meer iemand hoefde neer te slaan.

Ze stond op en haalde diep adem. 'Kom,' zei ze. 'We moeten Eddie redden.'

Ze liepen zo snel mogelijk terug naar de open plek, waar de graaf nog steeds spreuken uitschreeuwde en zijn volgelingen hun vreemde lied weer hadden ingezet.

Opnieuw doorkliefde een bliksemschicht de hemel en de donder weergalmde oorverdovend in de vallei achter hen.

Terwijl Linda door de struiken sloop, op zoek naar de

motor van de bewaker, wierp ze een vluchtige blik op de ruïne.

Eddie werd door twee mannen met zijn rug tegen het altaar gedrukt waarop de grimoire in het fakkellicht lag te glimmen. De graaf stond vlak voor hem.

Tot Linda's schrik had hij een enorm mes in zijn hand.

Ze had geen seconde te verliezen. 'Ik wil dat jij er vast vandoor gaat,' siste ze tegen Anne.

'Maar...' begon Anne.

'Ga!' fluisterde Linda. 'Er is maar plaats voor twee op de motor en ze zullen meteen de achtervolging inzetten. Dan kun je maar beter een voorsprong hebben.'

'Maar wat als... als...' stamelde Anne. Er verschenen tranen in haar ogen.

'Dan ga je op zoek naar Robert en de monniken,' zei Linda. Ze boog zich voorover en raapte de helm op die de bewaker aan de voet van de boom had achtergelaten.

Anne keek haar even sprakeloos aan. Toen knikte ze. 'Veel geluk,' fluisterde ze. Ze draaide zich om, bleef even staan en keek over haar schouder. 'Ik ben er trots op dat ik je heb leren kennen,' zei ze. Toen verdween ze in de duisternis.

Linda slikte, veegde haar zweterige handpalmen af aan haar broek en zette de helm op. Ze liep snel naar de motor, die een paar meter verderop geparkeerd stond aan het begin van een pad. Gelukkig zat het sleuteltje er nog in en was hij niet al te groot. Ze gooide haar been over de motor heen, ging zitten en greep het stuur vast. Heel even keek ze naar de open plek.

'Grimoire van Svartwolder, reliek van de Scholomance!' gilde de graaf terwijl hij het mes hoog in de lucht hield. 'Aanvaard dit offer van vlees en...'

Linda gaf gas en de motor schoot met volle snelheid dwars door de struiken de open plek op. Haar hart bonsde zo hard dat ze het lawaai van de motor amper hoorde.

Eigenlijk gebeurde alles in een paar seconden, maar het leek wel een eeuwigheid te duren.

Ze zag de dienaren van de graaf verbaasd omkijken. Maar voor ze de kans hadden om te reageren, was ze hen al voorbij geraasd. Ze vloog op het altaar af, waar de graaf met open mond naar haar stond te kijken, het mes in zijn opgeheven hand.

Haar aandacht was volledig op Eddie gericht, die al even verbaasd keek als de anderen. Toen ze hem bereikte, trapte ze hard op de rem en liet het achterwiel opzij door het gras glijden, zodat de motor zo hard tegen de graaf opbotste dat die zijn mes liet vallen en achterover tussen de stenen viel.

'Spring achterop!' riep ze naar Eddie.

Gelukkig herkende die meteen haar stem en hij sprong achter op de motor, zijn handen nog steeds op zijn rug gebonden.

De dikke vrouw met het gerimpelde gezicht begon te krijsen en dook op hen af, haar ogen vol haat.

Linda gaf gas en de motor schoot vooruit. De armen van de vrouw misten Eddie op een haartje.

'Houd ze tegen!' hoorde ze de graaf roepen.

Maar het was te laat. Linda schoot op volle snelheid tussen de zwartgeklede gedaantes door, wist nog maar net een boom te ontwijken en reed het bospad op.

Achter zich hoorde ze de motoren van de bewakers de achtervolging inzetten.

Hoofdstuk 14

Nachtleven in Zwartbaai

In De Zwarte Hond stond de eigenaar verveeld achter de bar glazen schoon te wrijven. Zijn ogen dwaalden door het café. Het was erg rustig vanavond en hij snapte maar niet waarom. Er waren een paar oude weduwnaren voor wie het café een tweede thuis was, maar zelfs zij waren vanavond niet op komen dagen. Het leek wel alsof het hele dorp iets wist wat ze hem niet hadden verteld.

In een hoek zaten een paar toeristen te kletsen en erg weinig te drinken. Allemaal mensen van middelbare leeftijd, want de jongere toeristen zochten liever de disco's op.

De eigenaar was een nieuwkomer in het dorp en had De Zwarte Hond een jaar geleden overgenomen, maar soms had hij spijt van zijn aankoop. Eigenlijk wilde hij het hele café liever ombouwen tot een moderne disco om te profiteren van het geld dat de jongere toeristen naar Zwartbaai brachten. Maar telkens wanneer hij het idee had voorgesteld waren zijn oude klanten boos geworden en had hij bezoek gekregen van bezorgde medewerkers van de gemeente en de plaatselijke toeristenvereniging. Het café was blijkbaar een belangrijk historisch monument.

Onder de zachte muziek die uit de speakers aan de muren klonk, hoorde hij in de verte het gerommel van onweer. Een koude bries gleed door de open deur naar binnen en liet de gordijnen naast de ramen dansen.

Hij droogde het laatste glas af en keek nors naar zijn klanten, die al bijna een uur met hetzelfde drankje in hun handen zaten. Hoe moest een mens op zo'n manier nou iets verdienen? Misschien kon hij de tent vanavond maar beter vroeg dichtgooien en lekker voor de tv gaan hangen...

Terwijl hij de voor- en nadelen van een avondje thuiszitten stond te overwegen, hoorde hij naast zich opeens een geluid. Hij keek opzij en zag een straal bier uit zijn tap lopen en schuimend in het rooster neerplenzen.

Hij fronste. Het was niet de eerste keer dat zijn tap uit zichzelf aan het werk was gegaan de laatste tijd. Misschien moest hij hem toch eens laten repareren. Hij veegde met een doek het geknoeide bier op en draaide zijn rug naar de tap.

Opnieuw hoorde hij geplens.

'Wat zullen we nou...?' mompelde hij.

Hij keek weer naar de tap en zag dat de hendel naar voren was getrokken. Bier spetterde op het rooster en stroomde schuimend over de bar en op de grond. Heel even moest hij denken aan het sterke verhaal dat een paar bezoekers een tijdje geleden aan de krant hadden verteld. Een spooktap... wat een onzin!

Met een gedempte vloek duwde hij de hendel terug naar achteren en besloot dat hij de volgende ochtend een reparateur zou bellen. Maar zo gauw hij de hendel losliet, schoot deze opnieuw naar voren. Bier spoelde over zijn schone houten vloer.

In de veronderstelling dat de hendel niet goed vastzat duwde hij hem terug en keek om zich heen, op zoek naar een stuk koord of elastiek om hem tijdelijk mee vast te binden. Maar voor hij die kans kreeg, voelde hij hoe de hendel opeens uit zichzelf naar voren probeerde te bewegen. Met volle kracht probeerde hij terug te duwen, maar iets dat sterker was dan hijzelf bleef de hendel naar voren trekken. Bier doordrenkte zijn broek en stroomde over zijn voeten.

Hij begon te zweten en zag vanuit zijn ooghoek dat het bier nu achter de bar uit stroomde en zich over de vloer van het café begon te verspreiden. De toeristen in de hoek keken verbaasd op.

De eigenaar had er genoeg van. Badend in bier en angstzweet rende hij zijn café uit.

De Zwarte Hond sloot die avond wat vroeger.

Linda gaf gas en zigzagde zo goed mogelijk over het pad. Ze moest zo goed opletten in het donkere bos dat ze geen kans had om achter zich te kijken, zodat ze er geen flauw idee van had hoe dichtbij haar achtervolgers waren. Het was moeilijk om op het pad te blijven en ze reed dan ook erg vaak dwars door de struiken. Af en toe zwiepten takken pijnlijk tegen haar aan en leken naar haar te grijpen, als de magere, zwarte vingers van skeletten.

Eddie zat nog steeds achter haar, zijn benen zo strak mogelijk om de motor geklemd en zijn kin op haar schouder. Het was de enige manier om zich een beetje vast te houden met zijn armen op zijn rug gebonden.

'Ik begin weg te glijden!' riep hij opeens angstig. 'Stop even en maak me los!'

Maar Linda hoorde hem niet en het duurde dan ook niet lang voor Eddie opeens wegeleed en achterover van de motor viel.

Linda voelde dat hij niet meer achter haar zat en keek geschrokken om. Met een heleboel gekraak schoot de motor de struiken in. Linda liet geschrokken het stuur los en sprong eraf, vlak voordat de motor met een klap tot stilstand kwam tegen een boom.

Ze krabbelde overeind, bevend, maar ongedeerd.

'Eddie?' fluisterde ze. 'Gaat het?'

Hij gaf geen antwoord. Snel volgde ze het pad, haar hart angstig bonzend in haar keel. Een paar meter verderop zag ze hem in de struiken naast het pad liggen, zijn benen spartelend in de lucht. Hij leek wel een schildpad die door kwajongens op zijn rug was gelegd.

Linda rende op hem af. Zo te zien hadden de struiken waar ze doorheen hadden gereden, zijn val gebroken.

'Gaat het?' vroeg ze opnieuw, terwijl ze de helm afzette en hem op de grond gooide.

'Ja, hoor, prima,' zei Eddie kalm en overdreven beleefd. 'Ik mag niet klagen. En hoe gaat het met jou?' Hij probeerde vergeefs om op te staan. 'Natuurlijk gaat het niet!' riep hij toen. 'Die idiote graaf heeft me bijna lek geprikt met dat mes van hem en die verrimpelde oude aardappel wilde me een spuitje geven en...'

Het geluid van motoren galmde door het bos.

Eddie draaide met een ruk zijn hoofd naar het donkere pad achter hen. 'Maak me los!' zei hij. 'Snel!' Hij draaide zijn rug naar Linda toe en ze begon aan de touwen te frummelen, wanhopig proberend ze los te krijgen.

'Die touwen zitten te strak,' zei ze, angstig heen en neer kijkend tussen Eddie en het bospad.

'Heb je geen zakmes bij je?'

'Nee. Bijna al mijn spullen lagen in de tent.'

'Geweldig!' zuchtte Eddie.

Terwijl Linda hem hielp op te staan, keek hij nerveus over zijn schouder. De geluiden kwamen dichterbij.

'We moeten hier weg,' zei hij. 'Waar zijn de anderen?'

'Lang verhaal,' zei Linda. 'Kom!'

Ze zetten het op een lopen, rennend en springend over het met dode takken bedekte bospad, hun hoofden laag houdend om de grijpende takken van de bomen te vermijden. Het was onmogelijk om geen herrie te maken, vooral voor Eddie met zijn vastgebonden handen.

Al snel hoorden ze de motoren en stemmen niet alleen achter hen, maar ook links en rechts.

'Ze willen ons insluiten!' hijgde Linda.

'Als we nou maar een motor hadden,' zei Eddie, 'dan maakten we misschien een kans.'

Opeens bleef hij stilstaan.

'Wat doe je nou?' vroeg Linda. Ze hield op met rennen en probeerde hem mee te trekken. 'We moeten hier weg!'

Het geluid van de vreemde stemmen om hen heen werd spookachtig weerkaatst door de kale boomstammen. Af en toe dacht Linda dat ze schaduwen zag bewegen. Ze kwamen dichterbij.

'Ik heb een idee,' hijgde Eddie. 'Til die tak op!'

'Welke tak?'

'Die dikke, bij je voeten,' zei Eddie.

Linda deed snel wat haar werd gezegd en Eddie knikte naar het pad achter hen, waarlangs aan beide kanten een boom stond die zich in verschillende stammen spreidde, alsof ze tot de grond gespleten waren.

'Duw de tak tussen die twee bomen,' zei Eddie. 'Dan zullen we snel een motor hebben.'

Linda wist niet zeker of ze het een goed idee vond, maar ze had zelf geen beter plan. Dus zette ze de dikke tak zo goed mogelijk klem tussen de bomen, zodat hij vlak bij de grond het pad blokkeerde, en volgde Eddie de struiken in, waar ze zich op hun buiken op de grond lieten vallen. Gespannen keken ze naar de blokkade die ze over het pad hadden aangelegd. De eerste motorrijder die tussen deze bomen door wilde rijden, zou een onplezierige verrassing krijgen.

'Probeer intussen dat touw nog eens los te maken,' fluisterde Eddie, en hij duwde zijn armen in Linda's richting.

Even frummelde ze aan de knopen. Toen schudde ze haar hoofd. 'Sorry, het lukt echt niet,' zei ze. 'Ik heb een mes nodig.'

'Sst!' fluisterde Eddie. 'Daar komen ze!'

Het geluid van de motoren, grommend als monsters, klonk steeds harder, tot ze opeens een motor over het pad in hun richting zagen razen. Hij reed zonder lichten, wat goed was voor hun plan. Want hij was dan wel moeilijk te zien in het donker, maar zag zelf ook niet veel.

'Hou je klaar,' fluisterde Eddie. 'Zo gauw hij neergaat, pakken we zijn motor.'

Linda hield zich gereed, haar spieren gespannen, klaar om op te springen zo gauw het moment was aangebroken. Haar hart ging als een razende tekeer.

De motorrijder scheurde met hoge snelheid op hun val af. Het leek er niet op dat hij iets zag.

Een seconde later klonk een luid gekraak door het bos en het achterwiel van de motor vloog omhoog. De bestuurder schoot voorover over het stuur en landde met een bons op het pad, waar hij doodstil bleef liggen. De motor bleef heel even op zijn voorwiel staan, toen viel hij voorover over de tak heen en kwam krakend en rammelend met de wielen omhoog op het pad terecht, vlak bij de bewusteloze bestuurder.

Linda sprong overeind en rende naar de motor, gevolgd door Eddie, die maar moeilijk op kon staan met zijn vastgebonden handen. In het zwakke maanlicht dat tussen de boomtoppen scheen, zagen ze meteen dat die heel erg kapot was. Benzine lekte over hun voeten en de motor, nu niets meer dan een berg schroot, siste en kreunde als een stervende draak.

'Goed gedaan,' mompelde Eddie.

'Wat?' vroeg Linda boos. 'Het was jouw idee, hoor!'

'Rustig maar,' zei Eddie. 'Het maakt niet uit van wie het idee was. Kom, we hebben nu geen tijd om te kletsen.' Hij zette het op een lopen.

Linda volgde hem, boos onder haar adem mompelend.

Achter hen begon de gevallen motorrijder langzaam overeind te krabbelen en ze hoorden een tweede motor naderen. Overal om hen heen klonk gekraak in het kreupelhout. Ze hoorden een enorme klap en weer het geluid van een motor die in de struiken terechtkwam. Er was opnieuw iemand in hun val gelopen, maar ze gingen niet terug om te kijken of deze motor de schok wel had overleefd.

Hun achtervolgers kwamen steeds dichterbij en tot hun schrik begonnen ze het gevoel te krijgen dat er iets mis was met het bos. De stemmen die ze af en toe om hen heen hadden gehoord begonnen nu te fluisteren.

Blijf staan... Alles komt goed als jullie maar blijven staan...

De bomen leken hen met onzichtbare ogen te volgen en het voelde nu net alsof ze tegen de richting in op een lopende band renden. Ze kwamen nog maar amper vooruit.

Blijf staan... Wees niet bang... blijf staan...

Linda voelde hoe de stemmen langzaam bezit van haar namen. Het leek wel alsof ze op haar benen in slaap viel. Ze was moe... zo moe... het zou zo heerlijk zijn om even uit te rusten... heel even maar...

Blijf stilstaan...

Ze hield op met rennen. Haar benen waren loodzwaar en haar ogen zakten langzaam dicht. De zachte stemmen vulden haar hoofd en ze zakte weg in een heerlijke, diepe slaap... heel even maar...

'Kom mee!' zei Eddie. 'Luister niet naar die stemmen!' Hij pakte Linda bij de schouders en schudde haar door elkaar. Om hen heen begonnen de schaduwen te bewegen. Zwarte gedaantes kwamen dichterbij.

Linda opende verward haar ogen en keek Eddie geschrokken aan. Heel even leek ze niet te beseffen waar ze was.

'Kom,' zei Eddie, 'we zijn bijna aan de rand van het bos. Ik kan de zee al zien.'

Linda schudde haar hoofd om de slaap te verdrijven en rende achter Eddie aan.

Hij had gelijk gehad: de bomen hielden op en ze stonden opeens op een veld aan de rand van de Oostklif, hoog boven Zwartbaai. Diep beneden hen zagen ze de lichtjes van het dorp.

Linda keek geschrokken omhoog. 'Z-zie je dat?' vroeg ze aan Eddie.

Hij volgde haar blik en zijn mond viel open.

De lucht leek wel paars en de maan had de zieke kleur van een bedorven perzik. In de vallei hoorden ze kerkklokken luiden.

'Daar komen ze!' zei Eddie.

Achter hen klonk gekraak in de struiken en de eerste van hun achtervolgers kwam tevoorschijn, een jongeman in een lang zwart gewaad dat hij met twee handen omhooghield tijdens het rennen.

Linda en Eddie renden verder over het pad dat zou eindigen in de straten van Zwartbaai, waar ze mensen en veiligheid konden vinden, en waar zo veel lawaai was dat fluisterstemmen onhoorbaar waren.

Steeds meer zwartgeklede achtervolgers doken nu op uit het bos en renden achter hen aan. In de verte hoorden ze de motoren naderen.

'We gaan het halen,' hijgde Eddie. 'Nog een paar...'

Opeens sprong graaf Oostwoud recht voor hun neuzen op het pad, neerhurkend als een panter vlak voor de aanval, breed grijnzend met zijn spierwitte tanden. Zo te zien had de achtervolging hem helemaal niet vermoeid.

'Genoeg gespeeld,' zei hij kalm. Hij ging langzaam rechtop staan en veegde een takje van zijn zwarte pak. 'We hebben een ritueel af te ronden.'

Achter hem verscheen mevrouw Blumenweide, badend in het zweet. Haar make-up liep in dikke zwarte strepen over haar wangen. Ze lachte als een spin die op het punt stond zich op een weerloze vlieg te storten. Het gouden boek had ze in haar armen geklemd.

Eddie en Linda bleven aarzelend staan. Ze keken om zich heen, wanhopig op zoek naar een vluchtroute, maar ze waren volledig ingesloten. Steeds meer volgelingen van de graaf kwamen langzaam op hen af. Alleen aan de rand van de afgrond stond niemand.

Eddie keek de graaf woedend aan. 'Wat...' hijgde hij, 'wat zou je doen... als wij gewoon van de klif af zouden springen?'

Linda keek hem geschrokken aan.

'Doe alsjeblieft niet zo melodramatisch,' zuchtte de graaf. 'Dan stuur ik mijn mannen gewoon het dorp in om een nieuw kind te halen.' Hij grijnsde. 'Zo belangrijk ben je nou ook weer niet.'

Opeens dook Linda naar voren en gaf mevrouw Blumenweide een flinke trap tegen haar schenen. De vrouw gaf een geschrokken gil en héél even gleden haar vingers weg van de grimoire. Meer had Linda niet nodig. Razendsnel greep ze het gouden boek vast en trok het met een ruk uit mevrouw Blumenweides handen. Ze wist nog net de grijpende vingers van de graaf te ontwijken en rende naar de rand van de klif, gevolgd door de verbaasde Eddie.

De volgelingen van de graaf bliezen als angstige katten.

Linda hield het boek met één hand boven de afgrond. 'En als ik de grimoire laat vallen?' riep ze.

De graaf wierp een kille blik op mevrouw Blumenweide, die hem met een lijkbleek gezicht aankeek.

'Meneer de graaf...' stamelde ze, 'het... het spijt me...'

'Dit zal ik niet vergeten,' zei de graaf ijzig.

Toen keek hij Linda aan en glimlachte weer. 'Ik zie dat Eddies vriendjes al even pittig zijn als hijzelf.' Hij lachte. 'Ga je gang. Gooi het boek maar naar beneden. Niets kan de grimoire vernietigen. Al zou je er een atoombom op gooien. We wandelen gewoon naar beneden om het op te rapen.' Hij haalde zijn schouders op. 'Ik ben alleen wel bang dat er van jou dan niet zo veel meer over zal zijn. Want je zult begrijpen dat ik je achter de grimoire aan zal gooien. Oog om oog, tand om tand en zo. Een van de belangrijkste regels in mijn wereld.'

Linda's gezicht betrok. Naast haar zakten Eddies schouders omlaag. Ze wisten allebei dat ze verloren hadden.

De graaf stapte op hen af, een arm uitgestrekt en zijn hand geopend. 'Geef me het boek nu maar gewoon,' zei hij. 'Dit spelletje begint me te vervelen.'

Linda probeerde wanhopig na te denken, maar vóór iemand de kans kreeg om ook maar iets te doen, hoorden ze opeens een luid gerammel en gebrom. Een oude, versleten auto kwam met volle snelheid op hen afgereden. Mevrouw Blumenweide en de graaf wisten nog maar net opzij te duiken toen de auto met piepende remmen tot stilstand kwam, vlak voor Eddie en Linda.

Een achterdeur vloog open en ze hoorden een bekende stem. 'Snel, stap in!'

Eddie en Linda aarzelden geen seconde en sprongen op de achterbank van de auto. Linda had de grimoire nog steeds vast.

Robert trok de deur achter hen dicht. Broeder Alfred trapte op het gaspedaal en de auto schoot rammelend vooruit tussen hun opzij springende vijanden door. Mevrouw Blumenweide krijste.

Linda keek dankbaar naar Robert, die naast haar en Eddie zat. Anne zat voorin naast broeder Alfred.

'We volgen deze weg om het bos heen,' zei de oude monnik. 'Het is een omweg, maar ik geloof niet dat dit een erg veilige plek is om te keren.'

Linda en Eddie keken door de achterruit en zagen de volgelingen van de graaf achter de auto aan rennen. Achter hen zagen ze de lichten van de motoren.

Linda veegde het zweet van haar voorhoofd en glimlachte naar Robert. 'Wat ben ik blij om jullie te zien,' zei ze.

'Waar kwamen jullie opeens vandaan?' vroeg Eddie.

'Toen Linda me het bos uit stuurde, ben ik in de richting van het dorp gerend,' zei Anne. 'Om hulp te halen. Toen kwam ik Robert en de broeder tegen.'

Robert knikte. 'Broeder Alfred en ik waren op zoek naar jullie, maar hadden geen idee waar jullie gebleven waren. Wat is er toch allemaal gebeurd?'

'Heel lang verhaal,' zuchtte Eddie. 'Kan iemand mij misschien eerst even losmaken?'

'Er ligt een zakmes in het handschoenenkastje,' zei broeder Alfred. Hij bukte zich voorover om het kastje te openen en lette helemaal niet meer op de weg. De auto schoot van het pad en reed in razende vaart op de rand van de klif af.

Anne begon te gillen en broeder Alfred keek verward op. Op het allerlaatste moment gaf hij een ruk aan het stuur en de auto reed weer de weg op.

'Sorry,' zei hij met een glimlach, alsof hij iets te hard over een verkeersdrempel was gereden.

'Ik pak dat mes wel,' zei Anne met bevende stem. Ze was lijkbleek.

'Heb je er ooit aan gedacht om coureur te worden?' vroeg Eddie aan broeder Alfred.

'Hoezo?' vroeg die.

Eddie schudde zijn hoofd en draaide zijn polsen naar Robert toe. 'Laat maar,' zei hij.

'Ach, dankzij broeder Alfred zijn we wel die motoren kwijtgeraakt,' zei Robert met een blik op de achterruit.

'Ja, zelfs de mannen van de graaf zijn niet gek genoeg om zo hard te rijden, vlak langs de klif,' zei Eddie zachtjes.

Terwijl Robert Eddies touwen begon los te snijden, keek Anne met grote ogen naar het voorwerp op Linda's schoot.

'Is dat wat ik denk dat het is?' vroeg ze. In de donkere auto zag ze weinig meer dan een gouden glans in de schaduwen.

Linda knikte. 'We hebben gewonnen.'

'Gewonnen?' zei broeder Alfred grimmig. 'Vergeet het maar. De graaf weet dat wij het boek hebben en hij zal niet rusten voor hij ons gevonden heeft.'

Hij draaide zijn hoofd naar achteren, maar keek snel weer naar voren toen de auto begon te slingeren en Anne een angstig piepgeluid maakte.

'Ik heb een belangrijke vraag,' zei hij.

'Wat?' vroeg Eddie, die opgelucht over zijn bevrijde polsen zat te wrijven.

'Heeft de graaf een deel van zijn ritueel al uitgevoerd?'

Linda knikte. 'Bijna alles. Het enige wat hij nog hoefde te doen, was Eddies bloed vergieten.'

De monnik keek bezorgd in zijn achteruitkijkspiegel naar de grimoire. 'Daar was ik al bang voor,' zei hij.

'Wat bedoelt u?' vroeg Robert.

Broeder Alfred begon nog harder te rijden. 'Het ontwaken van het kwaad gebeurt in een paar stappen,' zei hij. 'Het boek begon te sluimeren toen het opgegraven werd. Tijdens het ritueel werd het wakker. Het bloedoffer zou al het kwaad in het boek hebben ontketend en de graaf volledige macht hebben gegeven over die krachten.'

'Maar dat is gelukkig niet gebeurd,' zei Robert.

'Nee, maar het ritueel is te ver uitgevoerd. Geloof me: dat boek is wakker en roept naar de graaf en zijn volgelingen. Waar we ook heen vluchten, zolang de grimoire blijft roepen, zullen ze ons overal vinden.' Hij keek even in zijn achteruitkijkspiegel. 'Daarom zien we de motoren niet meer. Ze hoeven zich niet meer te haasten.'

Linda rilde en keek nerveus naar het boek op haar schoot. 'Volgens mij voelde ik het boek bewegen,' zei ze angstig.

Broeder Alfred reed een verkeersbord omver en vloog op twee wielen door een bocht. 'Hou het goed vast,' zei hij. 'Het wil terugkeren naar zijn volgelingen.'

Anne keek verbaasd omhoog naar de nachtelijke hemel boven hen.

'Hoort de maan zo rood te zijn?' vroeg ze.

Broeder Alfred keek heel even op. Toen duwde hij zijn voet zo hard mogelijk op het gaspedaal en begon zachtjes te bidden.

Hoofdstuk 15

Een afspraak met het lot

Op het strand onder de Oostklif, vlak bij de haven, dansten jongeren vrolijk rond de vuurkorven die ze in het zand hadden gezet. Het strand was bezaaid met flessen, schoenen en sokken, en uit een draagbare cd-speler knalde muziek, zodat geen van hen de kerkklokken hoorde die door de verlaten straten van het dorp galmden.

De toeristen merkten niet dat vlak buiten de haven, in het diepe zwarte water rond de vuurtoren, iets bewoog.

In half vergane lompen gehulde beenderen, eeuwenlang begraven op de bodem van de zee, begonnen zich te roeren. Langzaam kwamen de dode zeemannen uit het water en bewogen zich landinwaarts. Holle oogkassen staarden nietsziend vooruit, aangespoord door sluimerende herinneringen aan warmte en vuur, aan voedsel en hun vrouwen die op hen wachtten in het dorp.

De jongeren op het strand zetten de muziek nog wat harder en zongen schreeuwend mee. Een van hen riep lachend naar de schimmige gestalten die hij een eind verderop uit het water tevoorschijn zag komen. 'Hé, lekker gezwommen? Kom ook een pilsje pakken!'

Maar de dode zeemannen negeerden hem en liepen langzaam verder, een spoor van zeewier achterlatend, recht op het dorp af waar de inwoners achter gesloten luiken zaten te bidden.

Toen de auto het huisje van de monniken naderde, had Eddie alles verteld wat in het landhuis van de graaf was gebeurd. Anne en Linda waren vooral onder de indruk van mevrouw

Blumenweide en haar injectienaald, maar Robert en de monnik verbaasden zich het meest over de schokkende ontdekking dat graaf Oostwoud een schurk bleek te zijn.

Niemand kon bedenken waarom de graaf voor de buitenwereld zijn leven leek te hebben gewijd aan goede daden.

'De beste vermomming voor het kwade is het goede,' zei broeder Alfred uiteindelijk, terwijl hij de auto met een razende snelheid het pad naar zijn huis op stuurde. 'Dit bewijst maar weer eens dat het kwaad overal kan schuilen.'

'Ja, en dat mensen met veel geld niet te vertrouwen zijn,' zei Eddie.

Broeder Alfred schudde zijn hoofd en opende zijn mond, maar op dat moment bereikten ze het huisje van de monniken. De auto begon piepend af te remmen. Broeder Alfred was al aan het uitstappen toen de wagen nog niet eens helemaal stilstond, zodat de brievenbus aan de rand van de tuin met een klap ondersteboven werd gereden. Anne gilde.

'Snel!' riep broeder Alfred. 'Naar binnen!'

'Waarom naar binnen?' vroeg Linda, die vlak achter hem liep, gevolgd door de anderen. 'Kunnen we niet beter blijven vluchten?' Ze keek angstig in het rond, alsof ze verwachtte ieder moment de volgelingen van de graaf te zien opduiken.

De monnik schudde zijn hoofd. 'Nee, vannacht is dit de veiligste plek in de wijde omgeving.'

'Als het goed is, zijn de andere broeders druk bezig geweest,' legde Robert uit. 'Ze gingen het huis veranderen in een "onneembare vesting", zoals ze het zelf noemden.'

Eddie keek twijfelend naar het huisje, dat er even vredig bij lag als altijd. 'Daar zie ik anders weinig van,' zei hij. 'Waarom zijn de ramen niet dichtgetimmerd?'

Broeder Alfred opende de voordeur. 'Verdediging tegen de zwarte kunsten vereist andere maatregelen,' zei hij. Hij wilde naar binnen stappen, maar botste tegen broeder Egbert op, die op weg naar buiten was.

'Kunnen jullie niet op je voeten letten?' vroeg broeder Egbert. 'Ik ben een uur bezig geweest met die zoutcirkel!' Hij wees naar het pad achter hen. In het licht dat door de open deur naar buiten scheen, zagen ze dat het pad doorkruist werd door een breed spoor van wit poeder. Hun voetsporen liepen er dwars doorheen.

Broeder Egbert rende hun voorbij en boog zich over het zout. 'Ik heb een cirkel om het hele huis aangelegd,' zei hij terwijl hij de schade nauwkeurig herstelde.

Een flinke bries stak op en liet de bladeren in de bomen ritselen.

Broeder Alfred keek fronsend om zich heen. 'Laten we snel naar binnen gaan,' zei hij.

Ze volgden hem naar de huiskamer, waar de monniken tot hun verbazing alle meubels tegen de muren hadden geschoven. Midden in de kamer was een tweede zoutcirkel op de houten vloer getrokken, waarbinnen kandelaars met brandende kaarsen en zilveren kruisbeelden stonden. In de vier hoeken van de kamer brandden staafjes wierook.

'Moet die troep de graaf buiten de deur houden?' vroeg Eddie verbaasd. 'Hebben jullie geen échte wapens? Geweren of kruisbogen, of een kettingzaag?'

'Niet alles is met geweld op te lossen,' zei broeder Alfred afkeurend.

'Misschien niet, maar een heleboel wel,' zei Eddie. Hij haalde zijn schouders op. 'Als ik in de problemen zit, denk ik altijd: wat zou Rambo doen?'

'Wie is Rambo?' vroeg Anne.

Eddie keek haar verbaasd aan. 'En dan noemt ze míj een barbaar,' zuchtte hij.

'De graaf en zijn volgelingen zullen geen geweld, maar

magie gebruiken om ons aan te vallen,' zei broeder Alfred.

'Maar wat kan hij doen zonder de grimoire?' vroeg Robert.

'Ik denk dat de graaf ook zonder de grimoire een gevaarlijke magiër is,' zei broeder Alfred. 'Zijn gebruik van een dode hand wijst daarop. Die dingen koop je niet zomaar in de supermarkt.'

'Broeder Alfred heeft gelijk,' zei Linda. 'Toen ze in het bos achter ons aan zaten, waren er...' Ze aarzelde even. '...stemmen.'

De keukendeur ging open en broeder Herward kwam binnen met een schaal vol knoflookstrengen.

'Ha, daar zijn jullie eindelijk,' zei hij. 'Hier, pak allemaal wat knoflook en hang het rond de ramen en deuren. En neem zelf ook maar een flinke hap.'

'Ik dacht dat knoflook alleen tegen vampiers werd gebruikt,' zei Robert.

'Een vaak gemaakte vergissing,' zei broeder Herward. 'Knoflook verjaagt niet alleen vampiers, maar ook andere boze geesten. Het is trouwens ook erg lekker in Italiaans eten.'

'En in knoflooksaus,' mompelde Eddie, die nu opeens voelde dat hij al sinds de vroege ochtend geen hap gegeten had.

'Ik hou me niet alleen maar met bloemen en planten bezig in mijn tuin,' zei broeder Egbert, die de zoutcirkel om het huis had hersteld en nu knoflookstrengen rond de open haard aan het hangen was. 'Ik zorg dat er altijd een voorraadje verse kruiden aanwezig is. Zowel geneeskrachtige als kwaadafwerende.'

Samen hingen ze de knoflookstrengen bij alle mogelijke kieren in het huis, terwijl de monniken nog meer kaarsen aanstaken.

Robert keek naar de grimoire, die broeder Alfred midden in de zoutcirkel had gelegd. Hij rilde toen hij zag hoe de edelstenen in het goud vreemd glinsterden, alsof iemand er met een lamp overheen bewoog, wat niet het geval was.

157

'Het boek doet iets,' zei hij.

Broeder Alfred keek fronsend naar de grimoire. 'Het roept zijn volgelingen,' zei hij. 'We hebben niet veel tijd meer. Iedereen in de cirkel.'

Met gemengde gevoelens volgden Robert, Eddie, Linda en Anne de monniken naar het midden van de cirkel, voorzichtig over het zout stappend. Er was net genoeg ruimte om met hun ruggen tegen elkaar op de vloer te gaan zitten.

'En nu?' vroeg Eddie.

'Nu wachten we op wat er komen gaat,' zei broeder Alfred. 'In de cirkel zijn we veilig.'

'Dat slaat nergens op!' zei Eddie. 'We kunnen toch niet de rest van ons leven in deze stomme cirkel blijven zitten?'

Hij wilde opstaan, maar broeder Herward greep hem met een van zijn enorme handen vast en trok hem terug op de vloer. 'Luister!' fluisterde hij.

Ze hoorden niets. Het was doodstil in het huis. Het licht van de kaarsen liet de schaduwen spookachtig dansen.

Toen hoorden ze het. Zacht geritsel rond het huis, en gedempte stemmen.

'Ze zijn er,' fluisterde broeder Alfred grimmig. 'Zet jullie schrap.' Hij legde voorzichtig een hand op de grimoire die nog steeds tussen hen in lag te fonkelen.

Even bleef het rustig. De stemmen zwegen en het geritsel verstomde. Maar ze voelden de vijand om hen heen – sluipend, tastend, snuffelend als een roofdier dat zijn prooi nadert.

Robert keek gespannen naar Linda en Anne, die dicht tegen elkaar aan waren gekropen en angstig naar de schaduwen om hen heen keken. Eddie zat naast hen. Hij zag er boos uit.

Minuten kropen voorbij en nog steeds gebeurde er niets.

Robert keek Eddie aan. Eddie haalde zijn schouders op. Hij had zo te zien nog steeds weinig vertrouwen in het plan van de broeders.

'Misschien moeten we...' fluisterde Robert tegen broeder Alfred, maar op dat moment blies er opeens een koude wind door de huiskamer, die de kaarsen liet flakkeren.

In de donkerste schaduwen begonnen stemmen te fluisteren. Het was een zacht, bijna onhoorbaar geluid en ze konden er niets van verstaan.

'Wat je ook hoort, probeer niet te luisteren,' zei broeder Alfred gespannen. 'Alles wat zij je vertellen, is een leugen.'

Terwijl de anderen zwijgend om zich heen bleven kijken in de hoop dat de volgelingen van de graaf echt buitengehouden zouden worden door zout en knoflook, begonnen Eddies ogen langzaam dicht te vallen.

De anderen verstonden de fluisterende stemmen niet, maar voor Eddie klonken ze glashelder. Ze dansten in zijn hoofd, maakten hem slaperig en braken langzaam maar zeker zijn wil.

Sluit je bij ons aan... Wees een winnaar...

Eddies hoofd zakte langzaam op zijn borst.

Aan onze zijde kan niemand je ooit nog pijn doen...

Zijn hand bewoog langzaam naar de grimoire.

...Zelfs niet je vader.

Eddie pakte met gesloten ogen de grimoire vast en begon op te staan.

Op dat moment lichtten de edelstenen in het boek felrood op en broeder Alfred trok met een gil zijn hand terug.

Eddie stond nu rechtop met de grimoire in zijn handen en stak als een slaapwandelaar zijn voet naar voren om uit de cirkel te stappen. De wind in de kamer werd sterker en blies een paar kaarsen uit.

'Eddie!' riep Robert. 'Nee!' Hij pakte Eddies benen vast, terwijl broeder Herward hem te hulp schoot en Eddie aan zijn kraag achteruit trok.

Eddies ogen sprongen open en hij begon als een razende te

schreeuwen, zijn tanden ontbloot. Hij was bijna onherkenbaar.

'Laat me los!' brulde hij. Hij sloeg om zich heen en probeerde in de handen van broeder Herward te bijten.

Anne barste in tranen uit en Linda zat verstijfd toe te kijken, haar gezicht lijkbleek.

Samen met de monniken wist Robert de worstelende Eddie tegen de grond te werken. Daarbij viel de grimoire bijna buiten de beschermende cirkel, maar broeder Alfred wist het boek nog net op te vangen. Eddie schreeuwde tot zijn stem schor werd. De schaduwen dansten steeds wilder om hen heen en de fluisterende stemmen lachten nu hoorbaar.

Anne zat nog steeds met tranen in haar ogen naar Eddie te kijken. Toen hij kalmer werd en zijn geschreeuw overging in half verstaanbaar gemompel over zijn vader stak ze voorzichtig een hand naar hem uit, maar trok die meteen weer terug.

Het werd weer stil in het huis.

Eddie zei niets meer, maar bleef met gesloten ogen liggen, steeds rustiger ademend.

Toen opende hij zijn ogen. 'Wat liggen jullie me raar aan te kijken?' vroeg hij verbaasd.

De anderen keken elkaar aan.

'Je... eh...' begon Robert. Toen schudde hij zijn hoofd. 'Lang verhaal. Niks aan de hand.'

'Is iedereen in orde?' vroeg broeder Alfred.

Ze knikten.

Opeens galmde een harde stem door de kamer. 'Geef me de grimoire. Nu.'

Het was graaf Oostwoud. Het leek bijna alsof hij door een megafoon sprak.

'Nooit!' riep Robert.

'Dan zullen jullie sterven,' sprak de stem. 'Doe wat ik zeg en blijf leven. De keuze is aan jullie.'

'Zal ik jou eens zeggen waar jij dat stomme boek van je in kan stoppen?' riep Eddie.

Linda giechelde zenuwachtig.

De stem gaf geen antwoord en de schaduwen stopten met dansen. Alles werd rustig.

'Wat doen we nu?' vroeg Robert.

De monniken keken elkaar nerveus aan.

'Wij zijn bereid onze levens te geven om de wereld te redden,' zei broeder Alfred zachtjes. 'Ik weet niet of ik zoiets ook van jullie kan verlangen.'

'Maar wat voor een wereld zou dit zijn als graaf Oostwoud de baas was?' vroeg Linda. 'Lijkt me niet erg leuk om daarin te moeten leven.'

'Precies,' zei Eddie. Hij stond op. 'Luister, gladjakker! We hebben ons besluit genomen! Wij houden dat kitscherige boek van je! Misschien kunnen we het gebruiken om onder een wiebelende tafel te schuiven of zo! En als jij het lef hebt om je verwaande smoel hier te laten zien, schop ik je zo hard dat je een week niet kunt zitten!'

Robert zuchtte. 'Goed gedaan, Eddie,' mompelde hij. 'Dat zal hem vast de stuipen op het lijf jagen.'

'Zo zij het,' galmde opeens de stem van de graaf door de kamer. 'Dan kom ik het boek halen.'

Angstig kropen ze overeind en gingen met hun ruggen tegen elkaar staan, wachtend op wat er zou komen.

Even gebeurde er helemaal niets.

Toen hoorden ze een heel zacht gerommel, dat langzaam harder werd. Het huis begon te trillen.

'Het lijkt wel een aardbeving,' fluisterde Anne.

Robert keek heel even naar de grimoire, die tussen hen in op de grond lag, en schrok toen hij gezichten in de edelstenen zag die vals naar hen staarden.

Het gerommel werd steeds erger en op de bovenverdieping

hoorden ze ruiten barsten. Vanaf het plafond viel stof naar beneden.

'O, mijn god,' fluisterde broeder Alfred.

'Wat?' vroeg Anne. 'Wat gebeurt er?'

Een stuk hout kwam met een klap op de vloer naast de cirkel terecht. De ruiten op de benedenverdieping barstten met een luid gerinkel.

'Hij laat het huis instorten!' zei broeder Alfred.

'Wat moeten we nu?' vroeg Anne. Er klonk paniek in haar stem.

'Ik weet het niet,' zei de monnik. 'Ik weet het echt niet.'

Steeds meer stukken hout kwamen naar beneden vallen. Opeens klonk een luid gekraak boven hun hoofden.

'Pas op!' riep broeder Herward en hij trok Robert en Eddie opzij. Een groot stuk plafond kwam in een wolk van stof naar beneden vallen en miste hen maar net.

'Kijk!' riep Linda. Ze wees angstig naar de grond.

De cirkel van zout was gebroken.

Vloerplanken kwamen los en schudden het overgebleven zout uit elkaar. De wind die door de kapotte ramen naar binnen blies, verspreidde het door het huis.

'We moeten vluchten,' zei broeder Alfred. 'We zijn hier niet veilig meer.'

'De achterdeur!' zei broeder Egbert. 'Naar de tuin!'

Angstig renden ze door het instortende huis, zo veel mogelijk het vallende puin ontwijkend. Broeder Herward liep voorop en nam niet de moeite om de klink te gebruiken, maar stortte zich met zijn dikke lijf dwars door de deur heen. Hij viel met deur en al voorover in het gras, omgeven door gebroken hout en glasscherven.

Eddie, die vlak achter hem rende, sprong behendig over hem heen, maar Robert bleef even staan om de broeder te helpen opstaan.

Robert keek om zich heen. 'Is iedereen veilig buitengekomen?'

Toen zag hij opeens de nachtelijke hemel. Die was rood. Donkerrood, als bloed.

Broeder Alfred, die de grimoire in zijn armen hield, zakte uitgeput in elkaar. Met een hand greep hij naar zijn borst. Hij kneep zijn ogen stijf dicht.

'Gaat het?' vroeg Anne bezorgd.

'Mijn hart...' zei broeder Alfred, terwijl de andere monniken bij hem neerknielden. 'Ik ben niet meer... de jongste...' Hij liet de grimoire in het gras vallen.

Eddie bukte zich snel en raapte het boek op. 'Kunnen we ontsnappen?' vroeg hij.

'Ik betwijfel het,' zei Robert.

'Hebben jullie geen gereedschapsschuurtje?' vroeg Eddie aan de monniken. 'Dan kunnen we misschien een wapen bouwen van de spullen die daar liggen. Een grasmaaier in een tank veranderen of zo. Net als in films.'

'Ik denk niet dat we daar tijd voor hebben,' mompelde Robert.

Hij keek om zich heen. Het huis was opgehouden met schudden en alles was nu stil en donker. De geur van broeder Egberts bloemen hing om hen heen als een plagende herinnering aan daglicht en zomer.

Toen zag Robert de donkere schaduwen die zich langzaam losmaakten van de struiken en op hen af kwamen.

'We zijn ingesloten,' zei hij zachtjes.

Angstig stapten ze achteruit en bleven dicht bij elkaar staan toen de volgelingen van de graaf hen triomfantelijk lachend omringden. Robert en Eddie gingen voor de meisjes staan.

Een van de gedaantes kwam glimlachend naar voren lopen. Het was mevrouw Blumenweide.

'Arme kindjes...' zei ze. 'Zo verward... zo bang... Maar er is niets om bang voor te zijn. Alles zal snel voorbij zijn, dat beloof ik.'

'Ik geloof dat jij en ik een ritueel af te ronden hebben,' klonk opeens een kalme stem achter hen. Graaf Oostwoud kwam de hoek van het huis om gelopen, zijn blik op Eddie gericht. Hij haalde een dolk uit zijn binnenzak en glimlachte. 'Jij hebt een afspraak met het lot, jongeman.'

'Laat hem met rust!' riep Robert. Hij ging voor Eddie staan. 'Als je hem wilt hebben, zul je eerst door mij heen moeten!'

'En door mij!' zei Linda vastberaden. Ze ging naast Robert staan.

Eddie keek sprakeloos naar zijn nieuwe vrienden. Even leek het of hij iets wilde zeggen, maar hij kon de woorden niet vinden. Achter hem stond Anne aarzelend toe te kijken.

'Ach, wat ben ik nu onder de indruk, zeg,' zei graaf Oostwoud spottend. 'Laten we het maar opgeven, jongens! Er staan twee snotapen in de weg.'

Zijn volgelingen lachten.

De graaf zwaaide met zijn arm door de lucht en Linda en Robert vlogen opzij alsof ze door een onzichtbare hand werden weggeveegd. Met een bons kwamen ze in het gras terecht.

Eddie stond graaf Oostwoud woedend aan te kijken, de grimoire stevig in zijn armen geklemd.

De graaf begon langzaam op hem af te lopen, het mes in zijn hand hoog geheven.

'Aanvaard dit offer...' zei hij zachtjes, 'van vlees...'

Hij stopte vlak voor Eddie, die hem als bevroren aan bleef kijken.

'...en bloed.'

De dolk vloog omlaag.

'Nee!' klonk opeens een gil. Anne dook naar voren en wierp zich voor Eddie.

Linda kneep haar ogen dicht toen het mes recht op Annes

lichaam afkwam, en Robert lag verstijfd van angst toe te kijken.

Maar wat er toen gebeurde, was wel het laatste wat ze hadden verwacht.

Een enorme donderslag liet de grond trillen en opeens werd de tuin zo fel verlicht dat de volgelingen van de graaf hun armen voor hun ogen wierpen.

Eddie liet de grimoire geschrokken uit zijn handen vallen. Het witte licht kwam uit het boek. Hij keek opzij en zag Anne ongedeerd naast zich staan. Het mes in graaf Oostwouds hand was in het niets opgelost, vlak voor het Anne zou hebben geraakt.

'Wat... wat gebeurt er?' vroeg de graaf. Voor het eerst leek hij alle controle over de situatie te hebben verloren. Hij was even verbaasd als de anderen.

Het licht dat uit het boek scheen, werd nu bijna oogverblindend.

Robert en Linda sprongen op, hun ogen toegeknepen, en trokken Eddie en Anne snel weg van de grimoire. Ook de volgelingen van de graaf deinsden angstig achteruit. Alleen hun leider bleef midden in de tuin met open mond naar de grimoire staan staren.

Broeder Alfred kwam moeizaam overeind, ondersteund door de andere monniken, en keek de graaf triomfantelijk aan.

'Slechts eer en trouw...' zei hij met een zwakke stem, 'vermogen deze ban... te breken.'

De graaf keek hem met grote ogen aan. 'Nee!' riep hij toen. Hij dook voorover en greep de grimoire vast.

Onmiddellijk begon het witte licht zich door zijn lichaam te verspreiden.

'Meneer de graaf!' gilde mevrouw Blumenweide. Ze dook naar voren en greep de graaf stevig vast.

De grimoire lichtte opeens zo fel op dat alle omstanders hun ogen moesten bedekken. Opnieuw galmde een enorme donderslag door de tuin. Het licht verdween even plotseling als het was verschenen. Alles was stil. Alleen in de verte rommelde de donder nog zachtjes na.

Robert opende voorzichtig zijn ogen. De graaf en mevrouw Blumenweide waren verdwenen. De grimoire was nergens meer te bekennen.

De volgelingen van de graaf keken angstig naar de lege plek waar hun leider zojuist nog had gestaan. Toen zetten ze het op een lopen.

De tuin vulde zich weer met de rijke geur van bloemen en dauw.

Terwijl de monniken broeder Alfred voorzichtig in een tuinstoel hielpen, keek Robert omhoog naar de nachtelijke hemel. De lucht was zwart en de maan was een zilverachtig wit. Hier en daar fonkelde een ster. Alles was zoals het hoorde te zijn.

In de straten van Zwartbaai sprongen de straatlantaarns, die de hele nacht geweigerd hadden hun werk te doen, weer aan. De schaduwen krompen en de doden gleden terug naar hun waterige rustplaatsen, niets meer achterlatend dan herinneringen en waarschuwingen voor de toekomst. In hun huizen hielden de oude mensen op met bidden en openden voorzichtig hun luiken.

Boven de baai stond een heldere maan, weerspiegeld in de kalme zee. In de verte werd het eerste zwakke licht van de dageraad zichtbaar. Een paar dronken toeristen wankelde vrolijk zingend door de straten naar hun hotel.

Hoofdstuk 16

De Raadseljagers

'Slechts eer en trouw vermogen deze ban te breken,' zei broeder Alfred. 'De voorspelling van graaf Svartwolder is uitgekomen.'

Ze zaten vlak bij de oude abdij aan een picknicktafel met een prachtig uitzicht over Zwartbaai, dat er vredig bij lag in het zomerlicht, alsof de gebeurtenissen van de afgelopen nacht niets meer waren geweest dan een nu al vergeten nachtmerrie. Zeemeeuwen dansten krijsend boven hun hoofden, op zoek naar een maaltje.

Robert en zijn vrienden hadden flink uitgeslapen in de hotelkamers die de monniken voor hen hadden geregeld, maar de broeders zelf waren de hele ochtend druk in de weer geweest.

Toen Robert en Eddie vroeg in de middag wakker waren gemaakt door Anne, die op hun deur stond te bonzen, had ze meteen goed nieuws voor hen gehad. Broeder Alfred had haar zojuist opgebeld en verteld dat hij 'de zaak helemaal had afgerond', zoals hij het zelf noemde. Hij had een lang telefoongesprek gevoerd met professor Swalm om hem ervan te overtuigen dat Robert en de anderen niets te maken hadden met de diefstal van het gouden boek. Gelukkig bleek dat gemakkelijker te gaan dan verwacht. Een onplezierig bezoekje van de volgelingen van de graaf, nadat de kinderen op de vlucht waren geslagen, had hem er uiteindelijk van overtuigd dat er meer gaande was dan hij had gedacht. Tot broeder Alfreds verbazing had de professor niet willen weten wat er met het boek was gebeurd. Hij leek zelfs blij te zijn dat hij het was kwijtgeraakt. Maar het belangrijkste was, dat de professor zijn aangifte had ingetrokken. Ze werden niet meer gezocht door de politie.

Voor de buitenwereld zou het altijd een raadsel blijven waar het gouden boek was gebleven, of wat er met de beroemde graaf Oostwoud was gebeurd.

'Maar wat zou de wereld zijn zonder een paar mysteries?' had de oude monnik gegrinnikt toen hij Anne het goede nieuws had verteld.

Broeder Alfred en broeder Egbert hadden hen in het hotel opgehaald en meegenomen naar de picknickplaats, waar broeder Herward op hen wachtte met een waar feestmaal.

'Maar wat is er nu precies met de grimoire gebeurd?' vroeg Linda terwijl ze een croissantje met Franse kaas belegde.

'Jullie hebben een geheim ontdekt dat driehonderd jaar verborgen was,' zei broeder Alfred. 'Zelfs voor de monniken van de abdij en voor graaf Oostwoud. Alleen zijn voorouder, graaf Svartwolder, schijnt het geheim te hebben gekend: de manier om de grimoire te vernietigen was een daad van opoffering en liefde. Een daad van eer en trouw.' Hij nam een flinke hap van zijn broodje rosbief. 'Toen Anne zich voor Eddie wierp om zijn leven te redden, liet ze de voorspelling van graaf Svartwolder uitkomen.'

'Maar waarom riep Svartwolder die voorspelling dan naar het publiek tijdens zijn executie?' vroeg Robert. 'Was hij niet bang dat iemand het raadsel zou oplossen en de grimoire zou vernietigen?'

Broeder Alfred dacht even na. Toen haalde hij zijn schouders op. 'Wie zal het zeggen,' zei hij. 'Misschien kroop er op het allerlaatste moment een greintje spijt in zijn zwarte ziel...'

'Wist u al dat iemand van ons voor die daad van opoffering en liefde zou zorgen?' vroeg Linda opeens.

Robert keek haar verbaasd aan.

De monnik aarzelde even. 'Laten we het een voorgevoel noemen,' zei hij. Hij schoof de mand met brood naar Linda. 'Hier, neem nog een broodje.'

Eddie grijnsde naar Anne, die haar papieren bord vol sla aan het scheppen was.

'Een daad van liefde?' grinnikte hij. 'Heb je soms een oogje op me?'

Anne werd vuurrood, en Eddies gezicht betrok. Zijn blik gleed even naar de anderen, die hem fronsend aankeken.

'Ik bedoel... dank je wel,' zei hij zacht. Aandachtig ging hij verder met het volstapelen van een broodje met dikke plakken worst.

'Vriendschap is ook liefde,' zei broeder Alfred met zijn mond vol. 'Misschien is het zelfs de puurste vorm van liefde.'

Robert keek tevreden naar zijn vrienden om hem heen. Want dat waren het: zijn vrienden. Een paar dagen geleden zou hij niet hebben begrepen wat broeder Alfred bedoelde, maar nu was het glashelder voor hem.

Linda keek op haar horloge. 'Onze trein gaat over drie kwartier,' zei ze tegen Anne. 'En we moeten nog langs het politiebureau om onze spullen op te halen.'

Even bleef het stil. Robert staarde peinzend naar de zee.

Ze stonden op het punt afscheid te nemen.

Eigenlijk was hun vakantie nog niet voorbij, maar hun ouders hadden hen laten beloven meteen naar huis te komen toen ze hen eerder die dag hadden gebeld. Ze hadden afgesproken hun ouders wijs te maken dat professor Swalm en de politie zich hadden vergist en dat ze niets te maken hadden gehad met de diefstal van het gouden boek, wat grotendeels waar was. Linda en Anne zouden met de trein terug naar huis reizen en Roberts moeder zou hem op het station van Zwartbaai op komen halen. Hoe Eddie naar huis ging, wisten ze niet. Niemand durfde het hem te vragen.

'Wat gaan jullie doen nu de Orde van het Gouden Boek niet meer nodig is?' vroeg Anne aan de monniken, aan haar gezicht te zien vooral om van onderwerp te veranderen.

Broeder Alfred haalde zijn schouders op. 'Ik weet het nog niet,' zei hij. 'Misschien zijn er nog meer grimoires in de wereld die bestreden moeten worden.'

'Maar die zijn gelukkig niet onze verantwoordelijkheid,' zei broeder Egbert snel.

Broeder Alfred grinnikte. 'Nee, gelukkig niet. Ik denk dat we het lekker rustig aan gaan doen. We zullen eerst maar eens ons huisje opknappen.'

'Ik denk dat ik meer ga tuinieren,' zei broeder Egbert dromerig. 'Ik denk aan een paar nieuwe rozenstruiken bij de voordeur.'

'En ik ga wat meer experimenteren in de keuken,' zei broeder Herward. 'Ik heb me al tijden eens op de Griekse keuken willen storten.'

Broeder Alfred glimlachte. 'Zo te horen zal er hier dus niet veel veranderen. Het leven gaat gewoon door.'

Robert voelde een brok in zijn keel. Ook voor hem zou zijn oude leventje binnenkort gewoon weer verdergaan. School, zijn overbezorgde moeder... en uren in zijn eentje achter de computer, werkend aan zijn *Raadseljacht*-website. Hij zuchtte.

Linda keek hem even aan. 'Hoe lang nog tot de volgende vakantie?' vroeg ze met een voorzichtige glimlach. Het leek wel of ze zijn gedachten had gelezen.

Roberts gezicht klaarde op. Opeens besefte hij dat alles wel degelijk was veranderd. 'De herfstvakantie, geloof ik,' zei hij glimlachend. 'Hoezo, heb je nog geen genoeg van spookvakanties?'

Linda lachte. 'Nee, hoor. Ik begin de smaak net te pakken te krijgen.'

'Misschien kunnen we een weekje kamperen in dat bos waar die weerwolven zijn gezien,' stelde Eddie voor. 'Ik denk dat ik wel een zilveren kogel kan opscharrelen.'

Anne schudde haar hoofd. 'Nee, we gaan niet kamperen! Ik stem op dat hotel waar gasten door spiegels zouden zijn opgeslokt.'

'Een hotel?' zuchtte Eddie. 'Wie gaat dat betalen? We zijn niet allemaal rijkeluiskindjes!'

'Dan neem je maar een baantje,' zei Anne en ze begon met mes en vork haar sla te snijden.

Eddie keek haar even aan, deed zijn mond open om iets te zeggen, en beet toen grommend in zijn broodje worst.

Robert grijnsde. Hij zou zelfs hun gekibbel gaan missen.

'Jullie avonturen zijn dus nog niet ten einde,' zei broeder Alfred. Hij glimlachte. 'De ridders van de picknicktafel.'

Robert schudde zijn hoofd. 'Nee,' zei hij. 'Wij zijn de Raadseljagers.'

Pas toen Robert in de auto zat op weg naar huis, herinnerde hij zich dat Markus Fort nog altijd ondergedoken zat. Niemand had hem het goede nieuws verteld. Misschien kon hij Forts moeder een briefje sturen of zo. Heel even speelde het idee door zijn hoofd om daar nog een paar weken mee te wachten, maar dat was een grap die hij eerder van Eddie zou hebben verwacht dan van zichzelf.

Toch moest hij even grinniken toen hij Fort voor zich zag, verborgen in zijn eenpersoonsschuilkeldertje vol aluminiumfolie.

Zijn moeder had niet eens door dat hij zat te grinniken. Nadat ze hem bont en blauw had geknuffeld en zijn T-shirt had doordrenkt met tranen, was ze meteen begonnen hem alles te vertellen wat hij had gemist tijdens de paar dagen dat hij weg was geweest.

Maar Robert hoorde haar roddels niet eens. In zijn hoofd was de volgende vakantie al aangebroken.